KB150620

반짝반짝 빛나는 너의 오늘을

반짝반짝 빛나는
너의 오늘을

초판 1쇄 인쇄_ 2021년 02월 15일 | **초판 1쇄 발행_** 2021년 02월 18일
지은이_새본리중학교 책쓰기반 별빛사탕 | **엮은이_**문다정
펴낸이_진성옥 외 1인 | **펴낸곳_**꿈과희망 | **디자인 • 편집_**박경주
주소_서울시 용산구 한강대로 76길 11-12 5층 501호
전화_02)2681-2832 | **팩스_**02)943-0935 | **출판등록_**제2016-000036호
E-mail_jinsungok@empas.com
ISBN_979-11-6186-101-2 43810
※ 책 값은 뒤표지에 있습니다.
※ 새론북스는 도서출판 꿈과희망의 계열사입니다.
ⓒPrinted in Korea. | ※ 잘못된 책은 바꾸어 드립니다.

반짝반짝 빛나는
너의 오늘을

새본리중학교 책쓰기반 별빛사탕 지음
문다정 엮음

꿈과희망

★

　새본리중에서 책쓰기 동아리를 맡아온 지 몇 해가 되었습니다. 올해
는 뭘 할까 아이들과 뭘 꿈꾸고 무슨 이야기를 써 볼까 고민에 빠질 새
도 없이 코로나라는 바이러스로 얼굴조차 제대로 보지 못하였습니다.
　그 사이 아이들에겐 무슨 일이 있었을까요

　누구나 짐작하면서도 짐작하지 못할 답답한 상황이었겠지요. 그런
상황 속에서 어떤 주제를 주고 끌고 가기란 어려웠던 것 같습니다.
그래도 용기를 내어 아이들에게 '반짝반짝 빛나는 너의 오늘을 위
해' 라는 주제를 던져 보았습니다. 「별빛이 꿈처럼 내리고×내가 꾸
는 꿈」, 「발견하는 행복은×일상 발견」, 「우리가 자유로울 수 없다면
×구속되지 않는 마음」를 유의미어로 주고 각자 원하는 형식과 내용
으로 채워 보기로 했지요. 부담은 주고 싶지 않았습니다.

　하루하루 살얼음 같던 시간들을 지나면서 내일을 짐작할 수 없는
지금 잘하고 있다고 응원만 해 보고 싶었습니다. 하루하루를 충실히
버티고 사랑하고 행복해하는 그 모든 찰나들을 담아냈다면 충분하
다고 생각합니다.

이 책은 모두 다른 이야기를 하고 있지만 모두 오늘을 반짝 반짝 빛나게 살아가기 위해 누구보다 노력하고 누구보다 열심히 발견하며 느끼고 사랑하고 기억하기 위해 애쓰는 우리 새본리중학교 책쓰기반 아이들의 같은 이야기이기도 합니다.

코로나라는 대전환 시대에 서로를 마주볼 수도 없는 차가운 시선들 속에서 허둥지둥 하는 사이 나온 결과물들을 묶다보니 서로 많이 힘들고 어려워서 날을 세웠던 것 같기도 합니다. 이 자리를 빌어 아이들에게 낯설고 바빴던 일상들을 더 쪼개게 만든 것 같아 한편으로는 미안했음도 전하고 싶습니다.

그래도 고통스러웠을 책쓰기라는 경험은 시시각각 수없이 변하는 삶의 출렁거림 속에서도 꿋꿋이 잘 헤쳐 나갈 수 있도록 중심을 잡아주는 북극성이 될 것이라고 생각됩니다.

"아이들아 누구보다도 반짝이는 오늘을 살아줘서 고마워.
이 책과 함께 전하는 나의 응원이
온 우주를 건너 너희들에게 닿기를"

바람이 스미는 11월,
문다정 선생님이

목
차

제 3 부 우리가 자유로울 수 없다면 × 구속받지 않는 마음

제1부

★

별빛이 꿈처럼 내리고

×

내가 꾸는 꿈

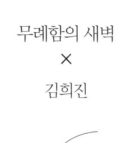

무례함의 새벽

×

김희진

도전을
응원한다는 것

꿈

동아리 활동에서 어떤 글을 쓰면 좋을지 생각해 보다가 평소에 즐겨 읽던 에세이가 떠올랐다. 처음에는 그런 글을 내가 쓸 수 있을까? 하는 생각이 들었다. 그 다음에 든 생각은 무슨 주제를 가지고 글을 쓸지에 대한 고민이었다.

지금 나는 진로나 미래에 대한 생각을 많이 하는 것 같다. 어렸을 때부터 하고 싶은 것이 많았다. 취미도 이것저것 획획 바뀌었고, 관심사와 진로 역시 여러 가지였다. 나는 성적도 노력에 비해 아주 잘 나오고, 처음 하는 것도 무엇이든 웬만하면 다 잘 해낸다. 그래서 한 가지 직업을 가져야 한다고 생각하면 막연한 기분이 먼저 든다. 어떤 고등학교에 진학할지 선택을 해야 하는데 아직 나는 잘 모르겠다. 주변 친구들은 벌써 어떤 사람이 되고 싶은지 이야기했고, 그 장래희망을 위해서 노력하기도 한다.

지금 당장 결정해야 하는 게 아닌 걸 안다. 하지만 왠지 나만 뒤처진 기분. 나만 빼고 다들 빨리 감기를 한 것처럼 바쁘게 지내는 것 같다.

잘하는 일과 좋아하는 일중에 어떤 것을 선택해야 할까? 정말로 좋아하는 일을 직업으로 삼게 되면 나중에는 싫어질까? 겪어보지 않아서 아직 잘 모르겠지만 그래도 나는 좋아하는 일을 해야 한다고 생각한다. 당연히 그저 좋다고 선택해서는 안 되지만, 모든 것을 감수하고도 그 일을 좋아한다면 도전해 보는 것도 멋지다고 생각한다.

어떤 글을 본 적이 있다. 모두가 불가능이라고 하는 일을 너무 하고 싶은데, 해도 될지 모르겠다는 고민의 글이었다. 그 글에 달린 답글이 내 눈을 사로잡았다.

'무모한 도전을 해서 성공한 사람은 나중에 고민하는 사람에게 도전을 두려워하지 말라고 할 거야. 반대로 실패한 사람은 도전해봤자 소용이 없다고 말하겠지. 정말로 하고 싶은 일이라면 도전해 봐. 그래서 도전을 응원해 주는 사람이 되길.'

이 글을 보고 나도 용기를 얻었다.

생각해 보니 열심히 하는 것도 재능인 것 같다. 그리고 그 재능은 좋아하는 것에서 나온다. 나 역시 좋아하는 것을 열심히 해서, 누군가 고민이 있을 때 응원해 줄 수 있는 사람이 되기를.

용기

밤중에도 빛나는 가로등처럼

밤중에만 빛나는 가로등처럼

나만 빼고

가다가 레고 블록 밟고
주머니에서 꺼낸 이어폰 줄은 매번 꼬여 있고
흰 옷 입었는데 양념 묻고
새 신발 신었는데 껌 밟고
식빵 떨어뜨리면 잼이 발려 있는 쪽으로 떨어지고
맛집에 찾아가면 그날따라 빨리 재료 소진되고
비 올 때 지나가는 차 때문에 옷까지 다 젖고
잠들려고 할 때마다 모기 소리 때문에 깨버려라

> **"**
> 보자보자하니
> 보자기처럼
> **"**

무례함의 새벽

「무례한 사람에게 웃으며 대처하는 법」이라는 제목의 책을 본 적이 있다. 무례함의 경계에서 그건 그저 솔직할 뿐이라고 포장하는 사람들. 책 제목을 보고 모순이라는 생각이 들었다. 무례한 사람에게 웃음을 보이는 것이 의연한 대처일까. 보자보자 하니까 보자기처럼 보이냐는 말처럼, 나에게 상처를 주는 사람에게 굳이 웃음을 보여야 하나? 하는 생각을 했다.

많은 에세이를 보면서 적절한 대처를 하는 사람을 보며 나도 꼭 저렇게 해야지 하고 생각했지만 실상은 자기 전 혼자 후회할 뿐이었다. 입 밖으로 나가지 않고 곱씹혀 삼켜진 문장이 아직 많다.

이 책에는 유명한 구절이 있다. 김숙이라는 개그우먼이 무례한 말을 한 김구라에게 '어? 상처 주네?' 하고 말했다는 부분이다. 사실 김숙의 대처에 충격을 받았다. 저렇게도 대응할 수 있구나 하는 신선한 충격. 늘 무례한 사람들의 말에 상처를 입은 것은 나인데 내가 먼저 떨고 있었다. 상처 받기 싫어서 먼저 상처를 주는 방어기제처럼. 늘 상처를 주는 사람은 자신이 그저 솔직할 뿐이라고 포장한다. 무례함과 솔직함의 경계. 표현의 자유와 억압. 그 사이에는 너무 많은 것이 존재한다. 밤에서 새벽이 되고, 새벽에서 아침이 되는 것처럼. 하지만 그 아름다운 노을빛에 숨어 비겁하게 남에게 상처를 주는 것은 표현의 자유일까, 폭력일까? 적어도 다음날이 되는 시간은 명확해야 하지 않을까?

거짓말

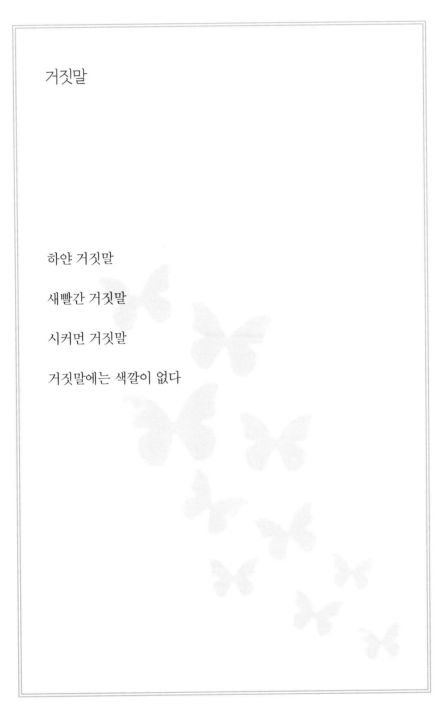

하얀 거짓말

새빨간 거짓말

시커먼 거짓말

거짓말에는 색깔이 없다

새 신발

익숙하지 않은 것은

늘 나를 아프게 한다.

성숙과 미성숙의
경계에서

”

엄마라는 이름

시간이 지나서 빛이 바래버린 종이를 바라보다가 문득 엄마가 떠올랐다.

친밀한 관계를 유지하기 위해서는 상대를 존중, 배려하고 이해해야 한다. 소중한 사람이라면 더더욱.

하지만 익숙하고 편한 마음에 오히려 소중한 사람들에게 상처를 준다. 가족, 엄마. 나는 나에게 상처를 주는 사람에게는 나쁜 소리를 하지 못하면서 엄마께는 마냥 착한 딸이 아닌 것 같다.

귀찮아하기도 하고, 답답해하기도 한다.

상처가 되는 행동을 해놓고 후회하는 일이 종종 있다. 그럴 때면 시간을 되돌리고 싶다. 하지만 말은 절대 주워 담을 수 없다. 말은 한없이 가벼워 보이기도 하다가, 또 그만큼 무거운 게 없는 것 같다.

딸이라는 비겁한 이름으로 내가 한 말들이 너무 큰 돌이 되어서 부모님께 상처를 드렸다. 내 입 안에서는 작았던 말이 엄마에게는 너무

크다. 종이에 꾹꾹 눌러 쓴 글자는 아무리 지워도 자국이 남아 있는 것처럼, 엄마의 마음에 애써 지운 상처가 언뜻 보인다.

엄마는 늘 나를 바라보고 있었는데. 나는 늘 뒷모습만 보았다. 엄마는 늘 무엇이든 다 알고 있는 사전 같기도 하고 따뜻한 이불처럼 감싸주기도 하고, 생각나면 위로가 되는 사람이다.

하지만 이제는 엄마도 힘들었을 것이라는 걸 안다. 지금 나는 미성숙과 성숙의 경계에서 엄마의 어린 시절을 떠올려 본다. 꿈이 있었고, 소중한 친구가 있었고, 부모님과의 추억이 있겠지. 또 다른 엄마의 모습은 여전히 눈부셔서 거울을 볼 때면 가끔 슬프다.

나에게는 엄마에게서 빼앗은 것들이 너무 많다.

겨울

내가 떠나가도 울지 말아

늘

춥기만 했던 우리의 사이에
따뜻한 선물을 두고 갈 테니

꽃잎이 흩날리고
또 다시 떨어지면
그때 다시 만나요

흉터

종이에 베어

손끝에 작게 난 상처가 뭐라고

하루 종일 신경 쓰였다

네가 스쳐 지나간 자리에는

흉터가 남는다

 후기

　책쓰기 활동을 통해 많은 경험을 할 수 있었다. 아이디어를 얻기 위해 책이나 시
인들의 시를 찾아보고 읽어 보면서 나 자신을 돌아 볼 수 있는 기회가 되었다. 전부
터 스트레스를 받았을 때나 나도 모르게 위축이 될 때 시나 책의 구절을 필사하는
일을 하곤 했는데 이런 취미가 이번 책쓰기를 할 때 큰 도움이 되었다. 책을 읽고 작
가님과의 만남도 하면서 그저 단순하고 똑똑한 생각만이 아닌 삶의 지혜를 얻은 것
같다. 내가 책쓰기부를 하면서 느꼈던 생각들이 이 책에 잘 담겨 전해졌으면 좋겠다.

피아니스트
×
곽예빈

1
사람은 누구나 꿈을 꾼다.

　이룰 수 없는 허황된 꿈을 꾸기도 하고, 현실적인 사소한 꿈을 꾸기도 한다. 꿈을 이루기 위해 노력하는 사람이 있고, 그렇지 않은 사람도 있다. 도중에 실패했다고 포기하는 사람이 있고, 끊임없이 도전하는 사람이 있다. 뒤늦게 꿈을 발견하고 방향을 바꾸는 사람도 있다. 나도 꿈을 꾼다. 늘 꿈을 꾼다. 어렸을 적 뽀로로를 보면서 노래하고 춤출 때는 가수가 되고 싶었다. 그림을 배우면서 화가가 되고 싶었고, 유치원에 가면서는 유치원 선생님이 되고 싶었다. 발레리나도 태권도 선수도 아나운서도 멋있었다. 애니메이션 작가도 되고 싶었고, 패션 디자이너도 꿈꾸었다. 수학을 재밌게 가르쳐주는 수학 선생님도 되고 싶었다. 엄마처럼 요리 잘하는 사람도 되고 싶었다. 자라면서 꿈도 참 많이 바뀌었다.

그러다 4학년 어느 날 선생님의 피아노 연주를 보게 되었고, 나의 운명을 결정짓게 한 순간이었다. 너무나 멋진 그 모습에 나도 피아니스트가 되기로 했다. 그때부터 지금까지 나의 꿈은 피아니스트다. 어릴 적 난 손가락에 힘이 없었다. 소근육 발달이 더뎌서 가위질도 제대로 못했다. 피아노를 치면 손가락에 힘이 생긴다고 해서 피아노를 배우기 시작했다. 그때가 7살이었다. 그 이후로 피아노를 쉰 적이 없다. 재미가 없거나 지겹거나 어렵지도 않았다. 연주를 끝내고 무대를 내려오는 순간 또다시 연주하고 싶을 만큼 피아노가 좋았다. 뛰어난 재능이 있는 건 아니었지만 그렇게 피아노는 늘 내 곁에 있었다. 학교 수업이 끝나면 어김없이 피아노 학원으로 가 연습 연습 또 연습이다. 손가락 힘이 약한 편이라 몇 배의 노력이 더 필요하다는 걸 잘 알기에 더 많이 노력하려 한다. 콩쿠르도 나가고, 연주회도 하고, 오케스트라와 협연도 했다. 학교 공부하면서, 영어, 수학 학원을 다니면서, 주말도 휴일도 없이 피아노 공부하기가 참 힘들지만, 오늘도 나는 연습하러 간다.

나의 꿈을 위해

2
어느 누구도 다른 사람의 꿈을 빼앗을 권리는 없다.
설령 부모님일지라도.

우리 아빠는 중학교 졸업 후 그 시절 인기 있었던 공고 자동차과에 진학하셨다. 아빠의 의견과 적성을 고려하지 않은 할머니의 선택이셨다. 결국 아빠는 자동차 회사에 취업하지 않고 재수를 하여 국문학을 전공하셨다. 내가 처음 피아니스트가 되겠다고 했을 때 부모님께선 제대로 듣지 않으셨다. 수없이 바뀐 장래희망 중 하나일 거라고. 몇 번이나 말씀드린 후 부모님께선 진지하게 고민하셨다. 그리고 반대를 하셨다. 너무나 어렵고 힘든 길이고, 그 노력에 비해 자리 잡을 기회가 없다고, 순탄한 길을 가길 원한다고 하셨다. 그리고 공부도 곧잘 하는데 공부 쪽으로 방향을 잡으라고 하셨다. 너무너무 슬펐다. 지금도 그때를 생각하면 슬퍼서 눈물이 난다. 그리고 1년여를 부모님을 설득하였다. 너무나 하고 싶은 일이라고, 어렵고 험한 길이어도 좋다고, 돈을 많이 벌지 못해도 좋다고, 번듯한 직장이 없어도 괜찮다고, 하고 싶은 일을 하면 행복할 거라고. 결국 부모님께선 나의 뜻을 받아들여 주셨다. 어린 나의 확고한 꿈을 지지한다고, 하고 싶은 일을 하며 살라고 하셨다. 그리하여 5학년이 끝날 즈음에 전공레슨을 시작하였다. 조금 늦은 듯하지만 서두르지 않고 차근차근 공부하고 있다.

내 말을 들어주고 진지하게 고민하시고, 지금은 아낌없이 지원해 주시는 부모님께 감사드린다. 혹시 진로 결정으로 부모님과 대립중이라면 당부하고 싶은 말이 있다. 그 꿈을 가지게 된 동기, 공부하는 과정, 되고 싶은 이유 등을 상세하고 진지하게 말씀드리고 설득해 보라는 것이다. 쉽게 포기하는 꿈을 지원해 주실 분은 아주 드물 것이다. 포기하는 꿈이 아니라 도전하고 노력하여 이루어지는 꿈이기를 바란다. 그리고 세상 모든 부모님은 자식 편이고 가장 든든한 후원자임을 잊지 말기를.

3
생애 첫 협연

작년 여름 대구필하모닉오케스트라와 꿈에 그리던 생애 첫 협연을 했다. 콩쿠르 1등 특전으로 받은 협연 기회였다. 베토벤 피아노 협주곡을 연주했는데, 그 떨리고 설레었던 느낌이 아직도 선명하다. 6개월 동안 연습해서 자신 있다고 했지만, 협연 날짜가 다가올수록 긴장감이 심해져서 자꾸만 머릿속이 새까매져 악보가 생각나지 않았다. 진정제도 먹고, 마음도 다잡고 해서 무사히 협연을 끝냈을 때 그 감동을 말로 다 표현할 수가 없다. 그리고 두 번째 협연 기회는 곧바로 찾아왔다. 에이전시를 통해 피아노 협연자를 찾고 있는 코리아윈

드오케스트라였다. 내가 서고 싶었던 대구콘서트하우스 그랜드홀이라는 무대도 마음에 들었고, 대기실 문에 붙은 '피아니스트 곽예빈'이라는 안내팻말에 너무나 감격했었다. 그리고 올해 10월 말에 경주 예술의 전당에서 경주챔버오케스트라와의 협연도 있었다. 이번에도 예정에 없었던, 뜻하지 않게 찾아 온 협연무대였다. 마치 행운이 나를 따라 다니는 것처럼 좋은 기회가 이어졌다. 이번엔 생상의 피아노협주곡을 연주했는데, 많이 성장한 연주였다고 칭찬 들었다. 콩쿠르를 앞두고 독감에 걸린 적도 있고, 연주회 때 악보를 잊어버려 헤매기도 했고, 콩쿠르 대기실에서 너무 긴장하여 구토를 하는 바람에 연습한 만큼 못한 적도 있었다. 연주는 성공적으로 하지 못했지만 그러한 경험도 나를 단단하게 키워주는 나의 소중한 자산이다.

4
꿈을 위한 기도

　가끔 엄마가 물어 보신다. 이렇게 힘들게 연습해도 괜찮냐고, 공부하고 숙제하느라 놀 시간이 없어도 괜찮냐고, 친구들과 어울려 다니지 못해도 괜찮냐고. 그럼요, 괜찮아요. 난 행복한 사람이다. 하고 싶은 걸 하고, 꿈이 있으므로. 피아니스트가 되기 위해 이제 첫걸음을 뗐지만, 앞으로의 땀과 노력들이 하나 둘 쌓여 나의 꿈을 다져 주고 펼쳐 줄 것이다. 훗날 나의 연주가 사람들에게 위안을 주고, 누군가에게 꿈을 심어 준다면 더 바랄 것이 없으리라. 지금 이 순간에도 체육관, 도서실, 연습실 등에서 자신의 꿈을 위해 노력하는 모든 이들에게 응원의 박수를 보낸다.
　그리고 꼭 그 꿈들을 이루기를 기도한다.

5
피아니스트

희고 검은 건반 위에서
손가락들이 춤을 춘다.
뭉툭하고 못생긴 손가락들이
신나게 춤을 추고 있다.
툭 튀어나온 힘줄과 단단한 근육들이 살아 움직인다.

천천히 추다가
미친 듯이 빠르게도 추고
기쁘게도 추고 슬프게도 춘다.
손가락을 따라 머리도 몸도 춤을 춘다.
쏟아지는 조명 아래
유난히 반짝이는 손가락들
그리고 앙다문 입술도 발그레한 뺨도 반짝인다.

손가락들의 춤이 끝나고
객석에 불이 켜지면서
박수갈채가 쏟아지면
그제야 환한 미소를 짓는
그녀, 피아니스트.
늘 무대가 그리운 그녀.

후기

글을 쓰는 일은 정말 어렵다. 몇 줄 이상 술술 나올 때가 드물다. 이 어려운 일을 왜 하고 있을까 하는 생각이 들 때가 많다. 하지만 다 끝내고 나면 너무나 뿌듯하고 기쁘다. 특히 나의 글이 책으로 나왔을 땐 정말 짜릿하다. 초등학교 때 처음으로 경험했던 그 기억이 아직도 선명하다. 이번에도 좋은 추억으로 남기를 기대한다.

빛나는 나의 오늘이 또 시작된다.

나의 별
×

김가인

2650년대 지구의 사람들은 심각한 환경오염으로 인해 우주로 도망을 나왔다. 사람들은 자신들이 살아갈 별을 스스로 찾아가야 했다. 대부분의 사람들이 찾아내어 살아가는 별은 어린왕자가 살던 별처럼 매우 작아서 한 가구 당 한 개의 별에서 사는 게 보통이었다. 그렇게 사람들이 자신이 살아갈 행성을 찾기 위해 급급해 하던 어느 날 지구가 아닌 생명체가 살아가는 별을 발견했다는 소식이 뜬소문처럼 들려왔다. 사람들은 그 외계인들을 보고 싶어 했고 외계인들은 우리와 비슷한 생김새를 하고 있었다. 그들의 문명 수준 또한 우리와 비슷했고 단 한 가지 사실만을 제외하곤 우리 인간들과 다른 점이 없었다. 사실 나는 옛날부터 생물은 공기와 물 없이는 생겨날 수 도 살아갈 수도 없다는 사실에 의문을 품고 있었다. 나는 그저 우리 지구 생명체들은 물과 공기가 흔한 세상에서 만들어져서 흔한 물과 공기를 이용해 살아가도록 진화했다고 생각해왔다. 그러므로 물이나 공기가 없는 곳에서 생겨난 생물은 다른 기체나 액체를 살아가는데 있어 필수 요소로 생각하고 살아갈 수 있다는 것이다. 나는 이 생각이 옳은 것인지 아니면 사람들이 말하는 것처럼 너무나도 따분하게도 물과 공기만이 생명체가 살아가는데 있어서 꼭 필요한 요소인지 너무나도 궁금했고 시간이 날 때마다 이 생각에 대한 진실을 찾아 가고 있었다. 하지만 쉽지 않았고 이런 고민에 휩싸여 살아가던 어느 날 나의 고민에게 구원 같은 소식이 들려온 것이다. 새로 발견된 외계인들은 공기와 물이 아닌 이산화탄소와 기름에 의존해 가며살아가고 있었고 음식도 우리와는 다른 것들을 먹으며 살아가고 있었다. 예를 들어 그들은 우리가 먹는 과육 대신 씨앗 부분을, 살과 고기 대신 뼈와 가시를, 속살보다는 껍데기를 먹으며 살아가고 있었다. 정부에서는 이들과 함께 살아간다면 이산화탄소 배출량과 쓰레기의 양을 줄여 환경에 도움이 될 것 이라고 확신했고 그들은 이산화탄소를 마시고 산소를 뱉어내어 지구에서 살아가는 우리들에게 산소를 공급해 주는 원천이 되었다. 심지어 그들의 행성에 있는 식물들은 광합성을 통해 이산화탄소를 흡수, 산소를 배출하였다. 게다가 그들은 외모와 성격 또한 뛰어났다. 불행인지 다행인지 그들의 미적 기준은 우리와 다른 것 같았지만. 이렇게 그들과 우리는 함께 살아가게 되었다. 그들과 우리의 힘을 모아 우리는 지구를 예전처럼 되돌렸고 지금까지의 환경오염으로 인해 인구수가 많이 줄어들어 외계인들과 우리 모두 살기에 지구의 땅은 넉넉했다. 우리는 모두 20억 명 그들은 모두 40억 명이었다. 인구수의 차이로 인해 길에는 지구인들보다 외계인들이 더 많았다. 그들은 우리보다 계산적인 부분의 수준이 높았고 우리는 문학적인 부분에 대한 수준이 높았다. 그 결과 지구인과 외계인은 전보다 훨씬 빠른 문명의 발달을 이루었고 더 나은 생활을 이어가게 되었다. 우리는 옛날보다 더욱 좋은 환경에서 살아가게 되었고 외계인들과 많은 교류를 하며 살아가는 방식을 하나로 이어가고 있었다. 외계인과 지구인이 결혼하는 일은 허다하였고 그들의 아이들이 커가면서 지구인과 외계인의 경계가 점점 줄어들고 있었다. 그들의 아이들은 더욱 진화하여 산소, 이산화탄소, 기름, 물 등 외계인과 지구인의 특징을 모두 가지고 태어나기 시작했으며 우리는 그들을 생명체의 새로운 진화 종으로 판단하기까지 하였다. 이렇게 빠르게 바뀌어가는 나날에 적응해 가던 어느 날 약 50년이 지난 후인 2700년 대 '그 사건'이 일어나게 되었다. 대부분의 사람들이 지구인과 외계인이 섞인 피를 물려받게 되면서 아직 지구인과 외계인 피를 유지한 들에게서 자신들의 종족을 남기기 위한 변이가 일어나게 되었다. 그들은 지구인, 외계인과 함께 살아가는데 문제를 일으키기 시작했다. 종족을 유지해 가던 지구인과 외계인들은 다른 종족과 체액이 섞이거나 피부가 닿는 순간 그들의 몸에 이상반응이 나타나기 시작한 것이다. 약한 경우에는 감기와 비슷한 증상이 일어났고 심한 경우 기절하거나 발작을 일으키기도 했다. 그리고 그들과 닿은 부분은 붉게 알레르기 반응이 올라왔다. 그들은 어쩔 수없이 남아 있는 같은 종족을 찾아 결혼해야 했고 같은 종족을 찾지 못하거나 찾은 사람과 성격이 맞지 않는 경우 후손을 남기지 못하고 죽게 되었다. 그렇게 자신의 종족의 특성을 유지하며 살아가던 이들은 이내 멸종을 맞게 되었다. 애초에 대부분의 사람들은 두 종족의 혼혈이었고 큰 인명피해가 발생한 것은 아니었지만 세계적으로 이슈가 된 사건이었다. 그들이 모두 멸종되는 데에는 약 200년 정도가 걸렸다. 그리고 이 이야기는 그 사건 속 한 지구인과 한 외계인에 대한 이야기이다.

★

"아, 지각이다! 분명 알람을 맞춰 두었을 텐데!!"

늦잠을 자 급하게 뛰쳐나가는 소녀는 '김 설' 19살. 즉 고3 지구인 여학생이다.

"야, 왜 이제 나와! 나까지 지각이잖아!"

그리고 설이에게 소리치는 저 소녀는 다리가 불편한 설이를 선생님의 부탁으로 도와주는 같은 반 외계인 '최 지한'이다.

"미안, 알람을 오후로 잘못 맞춰 놨었더라고……"

"됐어. 가방이나 줘."

"아, 여기 고마워."

지각을 알리는 종이 들려오자 그들은 급히 반으로 들어갔다.

그러자 선생님이 적잖이 화를 내시며 물으셨다.

"너희 왜 이제오니?"

"죄송합니다. 제가……."

"제가 늦잠을 자서 늦었습니다."

지한이 말했다. 설이는 놀라 지한을 빤히 쳐다보았다.

"…… 왜?"

"아, 아니야"

학교가 끝나고 지한이는 설이의 가방을 챙겨 들고는 설이가 자리를 정리하고 나오기를 기다리고 있었다. 설이는 평소 지한이가 몸이 불편한 자신을 도와주라는 선생님의 부탁을 거절하지 못할 만큼 친절하단걸 알고 있었지만 오늘 아침 일에 대해서는 고맙다는 인사를 전해야겠다고 마음을 먹고는 자신을 기다리는 지한에게 다가갔다.

"아침에는 고마웠어. 그나저나 나 때문에 벌점 받은 것 아니야……?"

"하루 종일 수업 안 듣고 그 걱정만 했냐? 괜찮아 벌점도 안 받았고 받아도 별로 상관없어."

"그래도 받으면 나중에 문제가 생길까 봐 걱정한 거지."

"그래, 걱정해 줘서 고마워. 그런데 빨리 가기나 해 나 바쁜 사람이야."

"그래, 가자가자! 아, 맞다 집에 가서 나 뭐 줄 거 있어 우리 엄마가 네가 나 항상 도와준다니까 고맙다면서 출장 갔다 오시면서 네 선물을 사 오셨더라고."

"안 그러서도 되는데…… 감사하다고 꼭 전해 줘."

"응!"

지한과 설이는 버스를 타고 이내 설이의 집 앞에 도착했다,

"잠깐만 앞에서 기다려!"

"그래 천천히 갔다 와 또 덤벙대다 넘어지지 말고."

"당연하지! 날 뭘 로 보는 거야?"

그러자 이내 철퍽 소리와 함께 설이가 넘어졌다.

"야! 그러니까 조심하라니까 혼자 들떠선."

지한이는 급히 달려가선 설이의 팔을 잡고 부축을 해줬다. 그러자 지한이의 손과 설이의 팔에서 전기가 통하는 것 같은 느낌과 함께

붉은 알레르기가 올라왔다. 당황한 지한이는 설이에게 다급한 말투로 이야기하였다.

"괘, 괜찮아? 무슨 일이지?"

"괜찮긴 한데 방금 무슨……? 너, 피부가! 엇, 나도 마찬가지네?"

"무슨 일인거야…… 일단 일어나봐."

지한이는 설이에게 다시 한번 손을 뻗었고 이번에도 역시나 전기가 통하는 듯한 느낌과 함께 붉은 알레르기가 올라왔다. 그러자 지한이가 무언가 알아낸 듯이 말을 이었다.

"혹시 우리 피부가 닿으면서 무슨 반응이 일어나는 걸까?"

"아마 그런 것 같지?"

"손 좀 내밀어 봐."

지한이는 설이의 손에 손을 조심히 가져다 대었고 이내 자신들의 피부가 서로 닿자 이상한 반응이 일어나는 것을 알아내었고 무언가 이상하다고 판단하여 급히 택시를 타고 큰 병원으로 향했다. 가는 와중에도 둘은 서로 닿지 않으려고 좁은 택시의 뒷자리에서 몸을 구석으로 내몰며 여러 가지 걱정을 하면서 병원으로 향했다. 지한이는 택시를 타면서 부모님께 연락을 드리고는 자초지종을 설명하고 마지막으로 별일 아니니 신경 쓸 거 없다는 말을 하고는 전화를 끊었다. 이런 이야기를 하는 와중에도 지한이의 엄마는 일로 인해 지한이의 말을 들어줄 시간이 없는 듯하였다. 지한이는 애써 웃으며 전화를 마무리하였다. 마침 학원비를 계산하기 위해 카드를 챙긴 지한이의 카드로 택시비를 결제하고 급히 병원으로 들어가 진료 대기표를 뽑았다.

"그러니까 서로 피부가 닿기만 하면 이런 붉은 자국이 생긴다는 거죠?"

의사가 믿을 수 없다는 듯이 물었다. 그러자 지한이가 말했다.

"제가 넘어진 설이를 일으켜 주려고 손을 뻗어 설이의 손을 잡자마자 이런 현상이 생겼어요."

"지금까지 이런 일는 없었는데… 혹시 두 분 짐작 가는 부분이라도 있나요?"

그러자 옆에서 가만히 듣고 있던 설이가 조용히 말하였다.

"전 지구인 순혈이고 지한이는 외계인 순혈인데 혹시 그것이 문제인 걸까요? 하지만 그렇다고 하기에는 지금까지 서로 닿은 적이 많은데……."

"아마 그게 그렇게 큰 원인이 될 것 같진 않은데요. 일단 어떤지는 검사를 해봐야 알……."

그러사 간호사가 급히 문을 열고 들어오며 말했다.

"선생님 지금 비슷한 증상으로 병원을 찾아온 사람들이 밖에 밀려 들어오고 있어요!"

간호사의 말을 듣고 놀란 설이와 지한이는 진료실 밖을 살짝 쳐다보았다. 밖에는 100명이 남짓 하는 듯 많은 사람들이 와 있었고 그들이 진료를 기다리는 와중에도 이곳저곳에서 빛이 일며 사람들의 피부가 일그러져가고 있었다.

"무슨 큰일이라도 난걸까……?"

설이가 걱정스러운 말투로 지한이에게 물었다.

"별거 아닐 거야. 의사선생님을 믿어보자."

별일이 아닌 듯 말했지만 설이는 지한이의 목소리가 떨리는 것을 느꼈다.

"그래, 괜찮을 거야."

설이가 말했다.

그때 밖에 나가서는 상황을 살피시던 의사 선생님이 방에 들어오셔서 말하셨다.

"저 두 분 피검사 좀 할 수 있을까요?"

"아, 네!"

"아, 네!"

두 소녀는 혹시 이 상황을 해결할 실마리가 생길까 싶어 선뜻 대답을 했다.

"그럼 이리로"

그러자 간호사가 들어와 두 소녀를 검사실로 데리고 갔다.

피를 뽑고 나온 두 소녀는 마주보며 서로의 눈에서 눈물이 흐르는 것을 보았다.

설이가 말을 꺼냈다.

"우리 모두 괜찮은 거겠지?"

"괜찮겠지? 그럴 거야 괜찮아야 해."

"난 죽고 싶지 않아."

"그건 나도……."

지한이의 말을 마지막으로 두 소녀는 눈물샘을 크게 터트려 버렸고 주변 의료진들은 모두 몰린 손님들로 인해 두 소녀에게 관심을 주지 않았다. 그렇게 두 소녀는 곧 눈물을 그쳤고 상황을 파악한 뒤 밤 7시가 넘어가는 시계를 바라보았다 그제야 배고픔을 느끼게 된 둘은 간단히 저녁을 해결하기 위해 밑에 있는 편의점으로 향했다.

둘은 컵라면을 하나씩 사서 익기를 기다리며 대화를 해 나갔다. 설이가 먼저 입을 떼었다.

"있잖아, 아까 차에서 엄마랑 전화한 거지?"

"아, 그렇지."

"그래? 우리엄마는 바쁘다고 나한테 신경도 안 써."

"우리 엄마도 맨날 일만 하느라 이 딸한테는 관심도 없는데…… 오늘도 야근해야 할 것 같다더라. 늦을 것 같으니까 병원 갔다가 친구랑 밥 먹고 집으로 들어가 있으래."

"너노……? 그럼 우리 앞으로 집에 혼자 있어서 심심할 때마다 같이 놀자!"

"진짜 생각 날 때마다 부른다?"

"그래, 불러! 꼭이다"

"그래, 무르기 없어!"

두 소녀는 많은 근심과 걱정을 뒤로하고 밥을 먹으며 우정을 쌓아 갔다.

밥을 다 먹고 둘은 다시 병원으로 올라갔다.

잠시 후 급히 달려 온 듯 보이는 간호사가 두 사람의 이름을 불렀다.

"두 분 어디 계셨어요! 한참 찾았잖아요!"

"네?"

"네?"

두 명이 동시에 소리쳤다.

"무슨 일이 생긴 건가요?"

지한이가 조심스레 물었다.

"지금 검사 결과가 나왔는데… 일단 위로 올라가도록 합시다."

간호사가 다급한 목소리로 외쳤다.

"빨리 올라가자!"

지한이는 설이의 손을 잡으려다가 움찔 하고는 팔목 쪽의 옷 끄트머리를 잡고 설이를 이끌었다.

"천천히 좀 가. 나 넘어지겠어!"

"빨리 와 봐! 어떻게 됐을지 모르잖아!"

"알겠어! 그래도 조금만 천천히……."

둘이 함께 간호사를 따라 병원으로 올라가 보니 의사 서 너 명이 모여서는 두 소녀를 기다리고 있었다.

"어떻게 된 거에요? 무슨 병인가요?"

잠시를 못 참고 지한이가 질문을 던졌다.

"아무래도 지금 지구인과 우주인이 서로 닿는 순간 이상한 반응을 일으키는 것을 보아, 수년간 일어난 지구인과 우주인의 공존으로 인해 지구인과 우주인 각각의 특징이 사라져 가는 것을 본능적으로 막기 위해 몸이 돌변연이를 일으키기 시작한 것 같아요. 다른 종족은 물론, 외계인과 지구인의 혼혈과 닿아도 같은 현상을 일으키는 걸 확인 했습니다."

맨 중간에 앉아 있던 의사선생님께서 심각한 얼굴로 말했다.

"원장님, 이것 좀 봐 주세요. 지금 우리나라뿐만 아니라 외국에서도 이런 사건이 많이 일어나고 있다고 뉴스에서 난립니다. 이거 고칠 수 있는 병이 아닌 것 같습니다."

옆에서 텔레비전을 보고 있던 또 다른 의사가 심각한 얼굴로 말했다.

그 사건이 시작 되고 몇 달 후 증상이 심한 사람들이 죽는다던지, 등등의 많은 피해사례가 잇따라 발생했다는 소식이 간간이 뉴스로 들려왔고 2차 피해를 막기 위해 지구인과 외계인 순혈은 서로 다른 공간에서 생활하게 되었다.

그 일이 일어난 지도 벌써 2년이 지났다. 사건이 일어난 지 꽤 되어 우리들은 서로 분리되어 살아가는 생활에 익숙해지고 있었다. 나는 그 사이 대학생이 되었고, 설이와는 간간이 전화나 문자만 할 수 있을 뿐 만날 수 있을 날이 빨리 오기를 기다릴 뿐이었다. 며칠 전에도 설이에게 전화를 걸었다.

"여보세요?"

"어, 무슨 일이야?"

"그냥 전화했지."

"왠지 오랜만이네."

"별 이유는 없고 갑자기 '우리는 언제 말날 수 있으려나' 싶어서.

2년째 우리 의지와 상관없이 헤어지다니 너무 슬프잖아?"

"그러고 보니 더 속상하네? 빨리 만날 수 있으면 좋겠다. 면회실 같은데서라도 만나고 싶은데. 말하다가 침 튈 수 있다고 꽉 막힌 유리문 너머로 쳐다보면서 전화해야 하는 거 아니야? 진짜 웃기겠다."

"설마 그러겠어?"

"그럴 수도 있지. 계속 사진으로 밖에 못 봐서 너무 보고 싶네."

"나도 그래."

"언젠간 볼 수 있겠지. 아니, 볼 수 있을 거야! 확실해. 잠깐만! 나 친구가 불러서 간다!"

"그래 다음에 또 전화해!"

예전처럼 우리 모두가 함께 어울려 살던 날이 너무 그립다고 생각하고 있던 어느 날 학교에서 감시관의 감독 하에 유리문 너머로 다른 종족의 친구들을 볼 수 있다는 소식을 전해 들었다. 난 그 소식을 듣고 너무 기뻐 당장에 설이에게 전화를 걸었다.

"야, 그 소식 들었어?"

"무슨 소식? 뭐 좋은 일 있어?"

"우리 드디어 만날 수 있게 됐어!"

"뭐 어떻게? 어떻게 된 일인데?"

"학교에서 감시관의 감시 하에 유리문 너머로 만날 수 있대! 자세한 건 나도 확인 못하고 바로 너한테 전화한 거야."

"정말? 잘됐다 너 언제 시간 있어? 최대한 빨리 보자!"

"나야 언제든지 괜찮아 시간은 내면 되지!"

"그렇지! 빨리 신청하러 가 자리 다 차겠다! 그냥 남아 있는 시간 중에 제일 빠른 걸로 예약해!"

"그래! 그럼 금방 전화 줄게."

"알겠어!"

나는 그길로 매우 들떠서는 면회를 신청하러 주변 파출소에 들렀다. 파출소에 가자 내가 오기 전 사람들이 한바탕 지나갔는지 주변이 정리돼 있는 듯 너저분했고 어수선한 공기가 맴돌며 경찰관분들의 얼굴에서는 적잖이 지친 모습이 역력해 보였다. 나는 어수선한 공기를 깨고는 의자를 뒤로 젖혀 기대어 있던 경찰관에게 면회신청은 어디서 해야 하는 지에 대해 물어보았고 그 경찰관께서는 귀찮고 언짢다는 표정을 지으며 남아 있는 면담 시간대를 적어놓은 표와 신청서를 대충 던져주었다. 난 썩 기분이 좋지는 않았지만 설이를 볼 수 있다는 생각에 들떠서는 신청서를 받아들고는 옆에 준비돼 있던 테이블로 가서 신청서를 작성했다. 늦게 온 탓인지 남아 있는 시간이 많지 않았다. 가장 빠른 시간은 일주일 뒤였고 난 슬퍼하기도 잠시 설이를 볼 수 있게 됐다는 사실에 감지덕지하며 천천히 신청서를 써 나갔다. 신청서를 제출하고 파출소를 나오며 난 약속한 대로 설이에게 전화를 걸었다.

"나 방금 신청서 제출하고 나오는 길이야."

"그래? 우리 언제 만날 수 있는데?"

"내가 좀 늦게 갔는지 일주일 뒤에나 만날 수 있겠더라. 그래도 만날 수 있는 게 어디야."

"그렇지, 나도 그렇게 생각해. 그럼 정확히 언제 만나는 거야?"

"딱 일주일 뒤 저녁 6시."

"진짜 벌써부터 너무 기대된다. 우리 만나면 막 우는 거 아니야?"

"그러게 대화는 고사하고 눈물 콧물 다 흘리는 거 아닐까?"

"아니면 덤덤하게 대화할 수도 있지."

"그렇지. 나도 하도 오랜만에 보는 얼굴이라 보자마자 어떤 기분이 들지 상상이 안 가."

"나도 그래."

"그럼 일주일 뒤에 보는 거다! 기대할게, 예쁘게 하고 와."

"당연하지 너야말로!"

"알았어! 그럼 그때 봐."

"그래."

전화를 끊고 나서 나는 설이를 2년 만에 만날 수 있다는 생각에 들떠선 제대로 걸을 수조차 없을 지경이었다. 나는 급히 집으로 달려가 엄마에게 이 사실을 알렸다. 그러자 엄마까지 들떠선 엄마도 지구인 친구를 보러 가야겠다며 친구에게 전화를 걸고는 통화를 하며 파출소로 향했다. 난 그 사이 벌써부터 옷장을 열어 설이와 만날 때 입을 옷을 정했다. 평소 같았으면 절대 입지 않았을 치마를 꺼내어 어울리는 블라우스와 함께 옷걸이의 맨 앞에 걸어두었다.

그날 밤 잘 준비를 하곤 침대에 누워 설이와 만나게 됐을 때 어떤 이야기를 해야 할지에 대해 계속해서 생각했다. 새로 사귄 친구 이야기, 대학생활, 선배들… 전화로 해도 될 평범한 이야기들이었지만 직접 만난다고 생각하니 더 이상 거창한 이야기 거리도 떠오르지 않았다. 그렇게 한참을 생각하다 시계를 보고는 내일을 위해 흥분한 마음을 추스르며 겨우 잠에 들었다.

　일주일은 생각보다 빠르게 지나갔다. 나는 준비한 옷을 입고 설이를 만나러 갔다. 생각보다 빨리 간 탓인지 건물에 들어서자 많은 사람들이 줄을 서 있는 것을 볼 수 있었다. 나는 사람들이 있는 줄 맨 뒤에 서서 내 차례를 기다렸고 1시간쯤 지났을까 드디어 예약한 시간이 되어 설이를 만나러 방으로 들어갔다. 방에는 커다란 유리문이 중간에 있었고 감시를 위한 cctv가 붙어 있었다. 나는 설이를 만나자 너무 반가워 오랜만이라며 먼저 소리를 질러댔다.

"야! 정말 오랜만이다!"

내가 먼저 밀을 써냈다.

"정말 보고 싶었어!"

"2년 전에 생이별하고 이제야 보네!"

"그러니까 말이야 헤어지고 나니까 원래의 일상이 얼마나 소중한지 알았어."

"나도 정말 옛날에는 행복했는데……."

"긍정적으로 생각해."

"상황이 이런데 어떻게 긍정적으로 생각해."

"왜 못해? 넌 할 수 있어! 가까운 것부터 생각해 봐. 2년 동안 전전긍긍하다 드디어 우리가 만날 수 있게 됐잖아?"

"듣고 보니 그렇구나?"

"거봐 주위를 둘러보면 감사할 것들이 많아!"

"듣고 보니 완전 맞는 말이네."

"그래서 나는 지금의 생활에 감사하며 살아가기로 했어."

"그거 좋은데?"

"이 세상이 또 언제 바뀔지 모르니까 일단은 지금 내 친구들과 가족을 소중하게 여기려고 또 더 안 좋은 일이 생기기 전에 지금을 즐기려고."

"정말 긍정적이네. 나도 긍정적으로 살아야 하는데."

"내가 좀 긍정적이긴 하지!"

"나도 지금부터라도 지금에 감사하며 살아가야겠어. 우리가 비록 지금은 헤어져서 살아가지만 언젠간 다시 만날 수 있다는 희망을 버리지 않고 지금을 즐겨야겠어! 생각해 보면 지금도 나름대로 행복한 것 같아. 너를 자주 볼 수 없는 게 흠이지만"

"다행이 이제 볼 수 있잖아? 비록 유리문 너머지만 이렇게 얼굴을 보고 대화할 수 있어서 난 너무 기뻐!"

"나도. 나에게 지금이 이 시간들이 얼마나 소중한지 알려줘서 너무 고마워."

"넌 내가 말하지 않아도 스스로 깨달았을 거야."

"그랬을까?"

"당연하지!"

우리는 그렇게 일상에 대한 고마움을 다시 느끼며 헤어졌고 10년이 지난 지금도 그때의 대화를 생생히 기억한다. 그 일이 있은 후 계속되는 연구가 이루어지고 있지만 아직 약이 개발되진 못했다. 그렇지만 나는 설이를 오랜만에 만난 그날 이후, 지금의 세상이 너무나 아름다워 보였다. 만약 그때 스마트폰이라도 없었던 시절이라면 얼마나 슬펐을까 라고 나는 생각한다. 설이의 목소리조차 들을 수 없었을 테고 기껏해야 1주일에 한번 씩 편지를 주고받을 수 있었을 것이다. 그런 식으로 생각하자 내 지금 주변의 일상들이 너무 행복하게 느껴졌고 슬픈 일이 생겼을 때는 '더 안 좋은 일이 생기지 않아서 다행이야.' 기쁜 일이 생겼을 때는 '이런 일이 나에게 생기다니!' 라고 생각하며 살아가게 되었다. 설이와는 아직까지 만날 순 없지만 난 지금 이 일상과 지금의 친구들 지금의 가족들을 사랑하며 산다. 오늘을 산다는 것 감사함을 안다는 것, 그것만이 중요하다.

 후기

이제껏 생각해 오던 과학적 내용을 써 볼 수 있는 기회가 되어 좋았다. 내가 생각했던 우주와 별의 이야기를 이렇게 쓰다 많이 오글거리기도 했지만 캐릭터에 생명을 불어넣는 것 같아 즐거웠다. 물론 아직 전문적인 지식은 가지고 있지 않지만 나름대로 내가 어릴 적부터 생각한 세계관을 바탕으로 글을 썼다. 하나의 꿈을 이루었다.

마운드
×
노성우

"10회 말 투수 와인드업"

딱! 소리와 함께 사람들이 일어나 환호한다.

"이렇게 한국시리즈 6차전은 드래곤즈가 가져갑니다!"

"결국에는 드래곤즈가 7차전까지 끌고 갑니다!"

드래곤즈가 연장 10회 말 2사 2루 상황에서 극적인 2루타로 역전에 성공하여 드래곤즈가 이겼다.

드래곤즈의 연고지가 우리 지역인 만큼 나도 드래곤즈를 응원하는 팬이다. 그렇기에 평소 시즌 경기도 자주 보러 갔다. 그래서 이번 한국시리즈도 가고 싶었지만 시기가 내 기말고사가 얼마 남지 않은 시점이어서 집에서 공부하며 어깨너머로 보는 것에 만족해야만 했다.

여기는 학교

"야 어제 야구 봤냐?"

"당연하지 어제 끝내기 진짜 와…… 진짜 레전드였다. 인정?"

"인정 오늘 7차전인데 진짜 이겼으면 좋겠다. 이기면 기말 잘 볼 꺼 같은데."

그러자 어느샌가 뒤에서 선생님이 웃으며 툭 치고는,

"그거 생각할 시간에 한 장이라도 더 봐라."라고 말씀하곤 가셨다.

그렇게 7교시의 수업이 끝나고 집으로 가는 동안 폰으로 야구 뉴스를 찾아보기 바빴다.

기사를 찾아보며 집으로 가던 중 폰의 알람이 울렸다.

"아들 오늘은 학원가지 말고 집으로 바로 오거라"

아빠가 보낸 문자였다. 나는 "네"라고 대답을 보내며

"왜 학원 말고 집으로 바로 오라는 거지?"

"내가 잘못한 일이라도 있나?"라는 생각이 잠시 들었지만 난 학원에 안 가도 된다는 생각에 기분이 좋았다.

집에 도착했다.

즐거운 야구장

집에 도착하니 가족들이 전부 기다리고 있었다.

"다들 어디 가요?"라고 물었다.

그러자 아빠가 야구 모자를 씌워주시며, "시험 준비하느라 수고가 많지. 힘든 시기에 힘내라고 아빠가 주는 선물이다."라고 하셨다.

나는 정말 기분이 좋아서 내 올라가는 입꼬리를 감당할 수 없었다.

그러자 엄마가, "야구 보러 가는 게 그렇게 좋냐?"라고 물었다

"당연하죠. 그냥 시즌 경기도 아니고 한국 시리즌데 싫을 리가 있겠어요?"

차를 타고 야구장으로 향하는 동안 나는 그렇게 즐거울 수가 없었다. 몇 분이 지났을까. 저 멀리서 야구장이 보였다.

줄을 서는 동안 나는 주머니에서 휴대폰을 꺼내 어제 경기 영상을 보며 오늘도 어제처럼만 했으면 좋겠다는 생각을 하며 야구장에 들어서는 순간 야구장의 넓은 잔디가 보이며 응원단의 북소리와 먼저 들어온 관중들의 함성소리가 크게 들려왔다. 우리 자리는 두 개 층으로 이루어진 관중석 중 2층이다. 2층으로 올라가니 야구장이 한눈에 다 들어왔다. 우리 자리에 앉은 뒤 휴대폰으로 야구 중계를 틀었다. 중계를 틀고 야구를 보게 되면 해설이 있기 때문에 경기를 더 잘 이해할 수 있기 때문이다. 다시 경기장을 둘러보는데 그라운드에는 몸 푸는 선수들이 있었고 불펜에는 오늘의 선발투수인 김서일 선수가 공을 던지고 있었다. 선수들을 구경하며 말없이 경기장을 바라보다 드디어 시작할 시간이 되었다. 경기 시작 전에 일어나 국민의례를 한 후 드디어 경기가 시작되었다.

경기의 시작

1회 초

　우리 팀의 선발투수인 김서일 투수가 마운드에 올라왔다. 김서일 선수는 최고 구속이 142~4km정도로 구속이 빠른 투수는 아니지만 좋은 움직임 변화구와 제구력을 바탕으로 이번 시즌에 12승을 올린 투수이다. 피닉스의 첫 타자 허정우를 상대했다. 이 타자는 선구안이 좋은 타자로 시즌 타율이 3할을 넘을 만큼 안타 생산 능력이 뛰어난 선수이다. 거기에 발도 빠르기에 1루에 나가면 투수에세 부담을 줄 수 있는 타자이다. 타자가 타석에 서고 투수가 공을 던질 준비를 했다. 초구는 한가운데 빠른 직구로 볼 카운트를 잡고 들어갔다. 그리고 2구째는 스트라이크 존에서 흘러나오는 변화구였는데 역시 선구안이 좋은 타자라 쉽게 배트를 내지 않았다. 볼 카운트는 1볼 1스트라이크가 되었다. 3구째는 120킬로미터의 느린 커브였다.

　떨어지는 공에 허정우선수의 방망이가 돌았다. 4구째는 초구와 같은 직구를 던졌고 타자는 이전 커브의 여파인지 타이밍을 잘 맞추지 못했다. 방망이에 빗겨 맞은 공은 높게 떠올랐고 그대로 1루수 윌리엄이 잡아냈다. 1아웃 그 다음은 2번 타자 박우성 타자가 올라왔다. 이 타자는 유인구에 약하다는 약점이 있지만 힘이 좋아 타구의 질이 좋다. 그렇게 박우성 선수에게 초구를 던졌다. 초구는 바깥쪽 스트라이크 존이었다. 박우성 선수가 힘껏 배트를 휘둘렀다. 하지만 딱 소리와 함께 관중석으로 파울볼이 날아갔다. 파울볼은 야구장에서 조심해야 할 존재이다.

그래서 항상 야구장에서는 공에 집중해야 한다. 나는 저렇게 날아가는 파울볼을 잡을 수도 있겠다는 생각으로 야구장에 갈 때마다 글러브를 가지고 가지만 파울볼은 내 근처에도 오지 않았다. 이 반칙으로 인해서 볼 카운트는 1스트라이크가 되었다.

2구째는 떨어지는 유인구였다. 역시 유인구에 약한 타자답게 헛스윙을 했다. 그렇게 2스트라이크를 잡았다. 3구째는 몸으로 붙는 슬라이더였다. 스트라이크존을 살짝 걸치는 공이었지만 심판은 삼진아웃을 선언했다. 2아웃을 잡아낸 후 다음은 3번 타자 변종석 선수가 타석에 들어섰다. 이 선수는 컨택에 중점을 맞추는 타자라서 방망이를 짧게 쥐는 것이 특징인 선수이다. 변종석 선수가 타석에 들어서고 투수가 공을 던졌다 딱-소리와 함께 공이 빠른 속도로 날아갔지만 중견수 이민승의 정면으로 갔다. 3아웃으로 공수교대가 이루어졌다.

1회 말

피닉스의 선발투수 박진형은 150km가 넘는 빠른 직구로 승부를 보는 일명 파이어볼러에 속하는 투수이다. 박진형 투수는 빠른 공을 바탕으로 시즌 14승을 따낸 선수이고 이번 한국시리즈 1차전에서 승리투수로 활약하였기에 우리 팀 입장에서는 공략하기 힘든 투수라고 생각했다.

그렇게 생각에 빠져 있을 때 아빠가 와서는

"진짜 집중해서 보네, 그리 재밌나?"

"당연하죠. 재미없을 리가 있겠어요?"

"와~ 박진형이네. 오늘 이길 수 있겠나?"

아빠가 장난스럽게 말씀하셨다.

"오늘 이겨야 돼요. 그런 말 하지 마요."

진지한 표정으로 대답한 후 나는 다시 야구에 집중하기 시작했다. 우리 팀의 선두타자는 배준서 선수였다. 배준서 선수는 올해 맹타를 휘두르며 팀을 많은 상황에서 승리로 이끈 타자였다. 하지만 가을 야구에서 그의 방망이가 잠잠했다.

찍혔다. 투수가 첫 공을 던졌다. 전광판에는 구속이 '153km'라고 나왔다.

"와……!"

상대팀이 봐도 감탄이 나오는 직구였다. 휴대폰으로 틀어놓은 중계로 공의 궤적을 보는데 정말 가라앉는 것 없이 쭉 뻗는 공이 일품이었다. 저런 공을 어떻게 치나 싶기도 했다. 그리고 2구째는 약간 옆으로 빠지는 슬라이더였다. 큰 각도로 휘는 공을 배준서 선수가 참아냈다. 볼 카운트는 1볼 1스트라이크. 3구를 던지고 배서준 선수가 받아쳤다. 좌익수 앞에 떨어지는 안타였다. 무사 1루 시작이 좋다. 그리고 바로 2번 타자 노정빈 선수가 타석에 들어섰다. 이 선수는 장타력이 좋다. 투수도 이 사실을 알고 있기에 정면 승부를 하지 않을 것이라고 생각했다. 공 던지는 것을 보니 역시 장타력을 의식하는지 옆으로 빠진 직구가 나왔다.

이때 응원단장이 "모두 함께 노정빈 파이팅!"이라 외치자 야구장의 홈팬들이 다함께 "노정빈 파이팅!"이라 외치며 응원가를 부르기 시작했다.

"안타를 날려라 드래곤즈 노정빈 안타 안타!"

나도 신나게 따라 부르기 시작했다. 야구장에서 응원가를 부르며 응원하는 것은 정말 재미있는 것 같다. 그렇게 응원을 하고 있을 때 노정빈 선수가 2구째를 받아쳤다. 공은 아주 높게 멀리 날아갔지만 담장에서 얼마 떨어지지 않은 거리에서 중견수에게 잡히고 말았다.

1사 1루의 상황에서 다음 타자는 중견수 이민승 선수이다. 이 선수는 이전 경기 6차전에서 동점 홈런을 포함해 4타수 3안타로 맹활약 중인 타자이다. 투수가 공을 던지고 이민승 선수는 힘껏 방망이를 돌려봤지만 빠른 직구의 속도를 따라가지 못했다. 그리고 2구째는 몸 쪽 붙어오는 변화구였다. 이민승 선수는 몸을 뒤로 뺐지만 심판은 공이 걸쳤다는 판정이었다. 그리고 3구째는 낙차가 큰 포크볼이다. 타자의 눈앞에서 급격하게 떨어지는 포크볼은 타자가 상대하기 가장 까다로운 구종이다. 하지만 이민승 선수는 잘 참아냈다. 응원단장이 "이민승 안타!"라고 외치자 더욱 큰 소리로 "이민승 안타!"라고 되돌아왔다. 응원의 열기가 엄청난 가운데 4구째를 맞이했다. 이번에는 스트라이크 존 바깥으로 공 하나정도 빠지는 공을 잘 골라냈다. 볼 카운트는 2볼 2스트라이크가 되었다. 5구째는 빠른 직구를 던졌다. 이민승 선수가 아슬아슬하게 반칙으로 걸어냈다. 승부가 길어지는 만큼 긴장감도 배로 되기 시작하며 손에 땀이 나기 시작했다. 6구째 투수가 또다시 빠른 공을 던졌다. 딱 소리를 내며 공이 빠른 속도로 3루수를 향해 굴러갔다. 1루 주자는 스타트를 빠르게 끊은 덕에 더블 플레이로 이어지지는 않았다. 하지만 타자주자가 1루에서 아웃되어 2사 2루가 되었고, 다음은 우리 팀의 4번 타자인 윌리엄의 타석이었다. 윌리엄은 시즌 동안 36홈런을 치며 이번 시즌 최다 홈런을 달성했다. 윌리엄을 상대로 1구를 날카로운 직구로 카운트를 잡았다. '154km' 던지면 던질수록 구속이 더 빨라지는 것 같았다. 또다시 응원이 시작됐다.

"짝 짝 짝짝짝 윌리엄 홈런!"

"짝 짝 짝짝짝 윌리엄 홈런!"

우리의 응원이 점점 다시 열을 올리고 있을 때쯤 2구째를 받아쳤다. 그런데 공이 심상치 않았다. 공이 높게 높이 높이 날더니 좌측담장을 넘겼다.

"윌리엄의 타구 멀리 멀리 쭉쭉 뻗어나갑니다! 2런포 윌리엄!"

"상대의 기선을 제압하는 2런포가 나왔습니다. 스코어는 2대 0 드래곤즈가 앞서 나갑나다."

아까 틀어놓은 야구 중계에서 캐스터의 목소리가 들렸다.

우리는 모두 소리를 질렀다. 나는 너무 기뻤다. 그렇게 다음 타자 강훈이 타석에 들어섰다.

강훈은 초구를 받아쳤지만 빠른 속도로 2루수 정면을 향해 날아갔다 3아웃으로 1이닝이 끝났다.

4회 초

2회와 3회는 양 팀의 선발투수들의 호투로 아무 일 없었듯이 지나
갔다. 4회에도 김서일 투수가 올라왔다. 피닉스는 타선이 한 바퀴 돌
아 다시 1번 타자 허정우 타자가 타석에 들어섰다. 이번 이닝의 첫 공
을 던졌다. 딱 소리와 함께 공이 멀리 날아가 담장을 그대로 맞췄다.

선두타자가 2루타로 나갔다. 허정우 타자는 발이 빠르기에 단타에
도 홈으로 들어오기 충분하다. 그러니 최대한 투수가 힘을 내어 잘
막아야 한다. 2번 타자 박우성 선수가 들어오고 투수가 공을 던졌다.
1구는 스트라이크 일단은 유리하게 카운트를 잡았다. 그리고 2구째
는 떨어지는 커브를 던졌다. 딱 소리와 함께 공은 2루수를 향해 굴러
갔고 2루 주자와 가까웠기에 2루 주자는 뛸 수 없었다. 일단은 1아웃
을 잡아냈다. 그리고 3번 타자 변종석이 타석에 들어왔다.

역시 컨택 능력을 높이기 위해 배트를 짧게 쥐고 타석에 들어섰다.
1구는 느린 체인지업이었지만 중간으로 가는 실수투성의 공이었다.
변종석 선수는 그 공을 놓치지 않고 때렸다. 그 공은 우익수 앞에 떨
어지는 안타가 되어서 2루 주자가 들어오겠나 싶기도 했지만 2루 주
자가 발이 빠르기에 홈에 들어올 수 있었다. 점수는 2대 1로 한 점 차
이가 되었다. 1사 1루가 되었고 다음 타자는 드래곤즈의 4번 타자인
박상우 타자이다. 박상우 타자는 뛰어난 선구안과 힘을 갖추고 수비
능력도 뛰어나 리그를 대표하는 외야수로도 유명한 선수이다. 타자
가 타석에 섰다. 첫 공은 타자의 몸 쪽 아래 스트라이크 존 구석을

노리는 슬라이더였다. 보기에도 아주 정교한 공이 들어갔다. 저 코스면 타자가 알고도 헛스윙을 돌릴 것이라고 생각했다. 2구째는 스트라이크 존 위로 지나가는 직구였다. 타자는 속지 않고 잘 참아냈다. 1볼 1스트라이크가 되었다. 하지만 김서일 투수가 2연속으로 공이 스트라이크 존을 벗어나게 던지며 3볼 1스트라이크로 볼 카운트가 투수에게 불리하게 되었다. 그리고 4구째는 스트라이크 존으로 향하게 잘 던졌다 하지만 박상우 선수가 그 공을 제대로 받아쳐 우익수 키를 넘기는 2루타가 되었다. 1아웃에 주자는 2, 3루가 되었다. 잘못하면 역전을 내줄 수도 있는 상황이기에 드래곤즈는 김서일 투수를 내리고 다음 투수를 기다리고 있었다. 나는 이번 이닝에 점수를 내주면 분위기가 피닉스 쪽으로 넘어갈 것 같았기에 여기서 이닝을 끝내는 것이 좋을 것이라 생각했다. 야구는 분위기가 중요한 게임이다. 지고 있다가도 분위기를 잘 타서 점수 차가 큰 경기도 따라잡아 역전하는 경기를 많이 봤기 때문이다. 그렇게 다음투수인 조진형 투수가 올라왔다.

조진형 투수는 이번 시즌 평균자책점이 2점대를 기록한 위기에 강한 투수였다. 1사 2, 3루에서 김주원 타자를 상대했다. 김주원 타자를 상대로 첫 공은 과감하게 직구를 던졌다. '149km'가 나오며 1스트라이크를 잡았다. 그리고 2구째는 바깥쪽에서 안으로 휘어들어오는 슬라이더였다. 이 공을 김주원 선수가 노려봤지만 방망이에 얕게 맞아 3루수 노정빈 선수의 손에 들어갔다. 그렇게 2아웃이 되었다. "이제 끝나겠다."는 생각이 들었다. 왜냐하면 다음 타자 이주환 선수는 이번 가을야구에서 좋은 성적을 올리지 못하고 있었기 때문이다. 이주환 선수를 상대로 스트라이크를 꽂아 넣었다. 그리고 2구째도 비슷한 코스로 스트라이크 존을 통과했다. 2스트라이크. 그리고 다음 공을 던졌는데 좌익수 앞에 떨어지는 안타성 코스로 날아갔다. 그 순간 좌익수 배서준 선수가 빠르게 달려와 몸을 날려 다이빙 캐치로 잡아냈다.

"배서준 선수가 멋진 다이빙 캐치로 팀을 위기에서 구원해냅니다!"라는 해설과 함께 이닝이 끝이 났다. 정말 손에 땀을 쥐게 만드는 이닝이었다. 그리고 4회 말이 되었다.

4회 말

이제는 우리 팀이 다시 점수를 낼 차례가 왔다. 선두타자는 이민승 선수가 타석에 들어섰다.

상대투수는 여전히 박진형 투수가 올라왔다. 초구는 빠른 직구가 들어왔다. 타자가 크게 휘둘러 봤지만 높게 뜨는 파울이었다. 1스트라이크. 그리고 2구째는 아래로 깔려 오는 체인지업이었지만 잘 참아냈다. 또다시 응원이 시작됐다. 응원단장이 "이민승 안타!"라고 외치자 야구장 전체가 떠나가도록 크게 다시 대답하며 응원하기 시작했다. 응원을 하고 있었을 때 이민승 선수가 3구째를 받아쳤지만 우익수 쪽 뜬공으로 물러났다. 1아웃. 아쉬워하고 있을 때 다음 타자 윌리엄이 타석에 들어섰다.

"이전 타석에서 2점 홈런을 쳐낸 윌리엄 타자입니다."

"역시 이번 시즌 최다 홈런을 기록한 선수답네요"라는 해설을 듣고 나는 또 홈런을 쳐주기를 바라고 있었다. 하지만 기대와는 다르게 초구에 바로 배트가 나가 1루수 땅볼로 아웃되고 말았다. 2아웃. 나는 아쉬움에 "에잉 잘 좀 치지."라고 말했다. 그리고 다음 타자로 강훈 선수가 들어왔다. 이전 타석과는 다르게 초구부터 치지 않고 공을 차분히 바라보았다. 초구는 바깥으로 빠진 볼이었다. 1볼. 2번째 공도 위로 뜬 볼이었다. 2볼. 그리고 3구째도 같은 코스로 들어온 볼이었고 카운트는 3볼이 되었다. 투수가 왜 갑자기 흔들리는지는 모르겠지만 이건 우리 팀에게 기회가 될 수 있겠다고 생각했다. 그리고 4구째도 또 볼이 들어오며 스트레이트 볼넷이 나왔다. 2사 1루가 되었다. 그리고는 포수가 마운드로 올라 투수와 이야기를 나누고 내려갔다. 아마도 긴장을 풀어주기 위해서 올라갔을 것이다. 다음 타자 최주영 선수가 타석에 들어섰다. 최주영 타자는 루틴이 독특한 타자이다. 루틴이란 운동선수들이 경기력 유지를 위해 선수만의 고유 동작을 뜻하는데 최주영 선수의 루틴은 독특하다. 바로 타석에 들어서서 제자리에서 두 번 점프를 하고 배트로 양쪽 어깨를 번갈아 가며 툭툭 친 후 타격자세를 취한다. 타석에 들어온 최주영 선수에게 초구는 바깥쪽 스트라이크 존을 통과하는 스트라이크를 집어넣으며 1스트라이크를 잡았다. 그리고 이어진 2구째에는 떨어지는 변화구였지만 잘 참아냈다. 1볼 1스트라이크의 상황에서 투수가 3구째를 던졌을 때 타자는 힘껏 스윙을 해 공을 멀리 쳐냈다. 공은 멀리 날아가 경기장 구석에 떨어졌다. 아쉬운 타구였다. 만약 방향만 제대로였다면 담장을 넘길 수도 있었을 법한 타구였다. 4구째는 옆으로 흘러나가는 공을 잘 보아서 공을 잘 골라냈다. 볼 카운트는 2볼 2스트라이크가 되었다.

5구째는 느린 공을 던졌다 그 순간 1루 주자가 2루를 향해 뛰기 시작했다. 포수가 급하게 공을 잡아서 2루로 던졌지만 이미 1루 주자가 2루로 들어간 후였다. 강훈 선수의 도루로 주자는 2사 2루가 되었고 타자의 볼 카운트는 풀카운트가 되었다. 풀카운트의 상황 6구째를 던졌고 타자는 그 공을 쳤지만 반칙이 되었다. 7구째 빠른 직구를 던졌고 타자가 받아쳤다 공은 높게 뜨지는 않았지만 2루수와 중견수 사이로 운 좋게 떨어져 행운의 안타가 되었다.

이 안타로 주자는 2사 1, 3루가 되고 상대팀 더그아웃에서 코치가 걸어 나와 투수를 교체했다. 박진형 투수가 내려가고 다음 투수로 정표 선수가 올라왔다. 정표 선수는 언더핸드 스로 투수로 공을 무릎 높이에서 던지는 투구 폼을 가지고 있다. 공이 날아오기 시작하는 곳이 낮기 때문에 잠수함이라는 별명도 가지고 있다. 이러한 투구 폼은 흔하지 않기에 타자들이 공략하기 힘들 수 있다. 그렇게 바뀐 투수를 최우영 선수가 맞이한다. 초구는 공을 그냥 지켜보았다. 스트라이크 존 한가운데를 지나가는 공이었다. 1스트라이크. 그리고 2구째는 타자 몸 쪽으로 빠지는 볼이었다. 1볼 1스트라이크. 공 하나하나가 중요한 순간이다. 투수가 공을 던질 때마다 긴장감이 넘쳤다. 3구째 투수가 공을 던지고 타자는 휘둘렀다. 헛스윙으로 볼 카운트는 1볼 2스트라이크가 되었다. 야구 중계로 본 공의 궤적은 마치 뱀 같았다. 공이 타자의 몸 쪽으로 붙어오다가 바깥쪽으로 휘어나가는 공이었다. 그리고 4구째도 3구째와 같은 구종이었지만 스트라이크 존으로 공 1개 정도 빠져나가는 공을 잘 골라냈다. 이때 응원 단장이 무대에서 응원가를 부르기 시작했다.

"드래곤즈 최우영 안타 안타 날려줘요!"

드래곤즈 팬들이 모두 한 목소리로 응원가를 따라 부르기 시작했다. 응원가를 부르며 5구째를 던졌다. 딱 소리와 함께 날아간 공은 좌익수와 중견수 사이에 떨어져 담장까지 굴러가는 2타점 적시 2루타를 때려냈다. 점수는 4대 1로 더욱 벌어졌다. 정표 선수는 아웃카운트를 하나도 잡지 못한 채 마운드를 내려갔다. 피닉스의 3번째 투수는 장조훈 선수였다. 이 선수는 이번 시즌에서 16홀드를 올리며 안정적으로 이닝을 막아내는 좋은 투수였다.

드래곤즈의 다음 타자는 유정혁 선수이다 이 선수는 선구안이 좋아 볼넷을 잘 골라내기로 유명하다. 1구째 유정혁 선수는 과감하게 스트라이크 존으로 빠른 공을 넣어 카운트를 올렸다. 1스트라이크. 2구째는 바깥쪽을 노린 체인지업이었다 스트라이크 존에서 조금 빠진 느낌이 있었지만 심판은 스트라이크를 선언했다.

나는 아빠한테 "이걸 스트라이크를 주네……"라고 하자 아빠가 "저건 너무하네."라고 하셨다. 그렇게 판정에 불만을 품고 있을 때 투수가 3구를 던졌다. 이 공은 그대로 스트라이크 존 구석을 통과하며 유정혁 선수가 삼진 아웃을 당했다. 이렇게 4회가 끝이 났다 이번 이닝에서 피닉스가 1점을 따라붙었지만 우리는 2점을 더 도망갔으니 다행이라는 생각이 들었다.

5회에는 조진형 선수가 선두타자에게 2루타를 맞았지만 후에 연속 삼진으로 위기를 벗어났다. 그리고 장조훈 선수는 안타를 하나도 내주지 않으며 삼자범퇴로 이닝을 지워나갔다. 6회에는 조진형 선수가 선두타자에게 솔로홈런을 맞았지만 이후 안정적인 투구로 이닝을 마쳤다. 장조훈 선수는 이번 이닝에도 삼진 하나와 땅볼, 뜬공으로 삼자범퇴로 이닝을 끝냈다.

7회 초

이번 이닝에는 박호연 투수가 올라왔다. 이 투수의 특징은 공의 움직임이 매우 좋다. 그리고 좌완 사이드암 투수이기 때문에 좌타자들에게는 등 뒤에서 공이 날아오는 느낌이 들어 좌타자들에게 강한 투수이다. 선두타자는 좌타자인 이주환 선수가 타석에 들어섰다. 초구는 타자의 몸 뒤에서 날아오는 슬라이더를 던졌다. 공의 궤적이 타자의 몸으로 향하다가 스트라이크 존으로 휘어들어왔다. 1스트라이크. 2구째는 바깥쪽 직구를 던졌다. 타자가 받아쳤지만 우익수플라이로 잘 잡아냈다. 그리고 다음 타자로 문남주 선수가 타석에 들어왔다. 문남주 선수 역시 좌타자였기에 좌완 사이드암 투수에게는 약할 것이라 생각했다. 하지만 1구째로 몸 뒤에서 날아오는 슬라이더를 당겨 쳐 안타를 만들어 냈다. 1사 1루. 다음 타자로 정가람 선수가 들어왔다. 정가람 선수는 우타자로 박호연 투수를 상대하기 쉬울 것이라고 생각했다. 1구째를 던졌는데 딱 소리와 함께 외야로 멀리 날아갔지만 아슬아슬하게 파울볼 바깥에 떨어져 다행이었다. 1스트라이크. 2구째는 떨어지는 커브를 던졌다. 타자는 그냥 지켜보았지만 스트라이크 존에 걸친다는 판정을 받아 2스트라이크가 되었다. 3구째는 직구를 던졌지만 '딱' 소리와 함께 유격수 앞으로 굴러갔다 나는 더블 플레이가 가능할 것이라 생각했지만 유격수가 2루수에게 공을 토스해 주고 2루 주자는 2루 베이스를 찍어 1루 주자를 아웃시켰다 1루로 송구를 하는데 그 순간 송구가 잘 이루어지지 않아 공이 1루수의 키를 넘어 뒤로 빠지는 실책이 일어났다. 타자주자는 1루를 지나 2루로 들어가게 되었다. 2사 2루가 되었고 다음 타자는 정희록 선수였다. 투수가 던진 초구를 기다리지 않고 한번 크게 휘둘러보았지만 헛스윙이었다. 1스트라이크. 2구째도 스트라이크 존을 통과하는 공을 던졌다. 하지만 타자는 그 공을 정확히 받아쳤고 순식간에 담장을 넘기는 동점 2런 홈런을 맞았다. 너무 허무했다. 그 실책 하나가 2점이 되어 돌아왔다는 것이 너무 충격적이었다. 점수는 4대 4가 되었고 박호연 선수가 내려갔다. 다음 투수는 오정태 선수가 올라왔다. 급하게 올라온 오정태 선수는 허정우 선수를 땅볼을 유도해 내며 겨우 이닝을 마쳤다. 정말 기운 빠지는 이닝이었다.

7회 말

　7회 말 우리팀 공격은 최주영 선수로부터 시작되었다. 지금껏 두 이닝 동안 삼자범퇴로 타선의 공격이 꽁꽁 묶여 있었는데 분위기를 바꾸어 줄 큰 한방이 절실히 필요했다. 1구째는 낮게 들어오는 공을 잘 골라냈다. 2구째는 스트라이크 존 가운데로 몰린 실투였다 이를 놓치지 않은 최주영 선수는 우중간을 가르는 2루타를 때려냈다. 이로써 무사 2루 재역전 주자가 득점권에 놓였다. 이 상황에서는 다음 타자가 희생번트를 댐으로써 2루 주자를 3루로 보내고 그 다음 주자의 희생 플라이로 비교적 쉽게 점수를 가져오는 방법이 있었다. 아니나 다를까 다음 타자인 최우영 선수가 타석에서 번트 자세를 취하고 있었다. 그러니 피닉스도 내야 수비진을 앞으로 조금씩 내려 전진 수비 시프트를 취했다. 그렇게 초구는 번트를 의식한 투수가 공을 하나 뺐다. 타자는 배트를 내리며 공을 바라보았다. 1볼 그리고 2구째는 타자가 번트를 대려고 했지만 배트에 맞추지 못하며 1볼 1스트라이크가 되었다. 3구째 투수가 던진 공을 배트에 맞추었지만 공이 뜨고 말았다. 뜬 공을 포수가 낚아채 1사 2루가 되었다. 다음 타자는 유정혁 선수였다. 타석에 들어섰을 때 유정혁 선수는 타격자세를 취하다가 기습번트를 시도했다. 하지만 공이 스트라이크 존에서 빠져 배트를 뺐다. 1볼 이제 타자와 수비의 눈치싸움이 시작되었다. 2구째 이번에는 번트 자세를 취하고 타석에 들어섰다. 수비들의 시프트가 다들 앞으로 나와 있을 때 번트 자세에서 타격자세로 바꾸는 강공 전환을 시도하였다. 강공전환으로 친 타구는 땅볼이지만 수비 시프트가 가까워 수비수들을 뚫어냈다.

이렇게 주자는 1사 1, 3루가 되었다. 이제 진짜 야구가 시작된 기분이었다. 1사 1, 3루의 상황에서 드래곤즈는 지문영의 타석에서 대타 카드를 사용했다. 15년 베테랑 타자인 손민수 선수를 대타로 기용했다. 손민수의 타석에서 초구는 스트라이크 존 상단에 걸치는 스트라이크였다. 1스트라이크. 2구째는 한가운데 공을 휘둘렀지만 뒷그물 맞는 반칙이 나왔다. 3구째 아래로 떨어지는 변화구를 배트로 끝까지 쫓아가 커트해 냈다. 2스트라이크. 그리고 4구째 몸 쪽으로 오는 슬라이더를 쳐냈다. 비거리가 아주 멀지 않았기에 태그 업을 했을 때 중견수의 송구에 따라 아웃이 될 수도 있었다. 하지만 최주영 선수는 뛰었다. 곧장 홈으로 던진 중견수의 송구도 나쁘지 않았기에 어떻게 될지 모르는 상황이었다. 홈에서 태그가 이루어지고 심판의 판정은 아웃이었다.

"자, 최주영 선수 태그업, 뜁니다, 홈에서 홈에서 아웃이네요!"

"아웃 사인을 보자마자 최주영 선수가 비디오 판독을 요청합니다."

비디오 판독을 위해 심판들이 모여서 대화를 나누고 있었다. 야구장 전광판에는 접전의 장면이 느리게 나오고 있었다. 그런데 느린 화면으로 보니 타이밍이 아웃인 것 같지 않았다.

포수의 태그보다 최우영 선수의 손이 베이스에 더 먼저 닿았기 때문이다. 이 장면을 본 홈팬들은 좋아서 소리를 지르고 있었다. 얼마 지나지 않아 비디오 판독 결과도 세입으로 번복되었다. 점수는 4대 5로 재역전에 성공한 드래곤즈다. 그렇게 공격은 계속되고 다음 타자는 배서준 선수였다. 2사 1루의 상황에서 초구에 배트를 돌렸지만 타이밍이 맞지 않았다. 2구째 타이밍을 맞춰 공을 쳐냈지만 유격수가 다이빙으로 내야를 빠져나가는 공을 잡아서 1루로 송구, 아웃시켰다. 7회가 종료되고 8회로 넘어갔다.

⚾

8회 초

8회 초 우리 팀은 8회를 책임지는 선수가 있다. 바로 이상민 선수이다. 이 선수는 희한하게도 8회 등판 시 평균자책점이 1점대에 머무르기 때문에 우리 팀이 리드하고 있을 때 항상 8회를 책임진다. 오늘도 8회에 이상민 투수가 올라오게 되었다. 이번 이닝에는 박우성 선수의 타석부터 시작된다. 1구는 빠른 직구로 카운트를 잡았다. '156km' 전광판에 찍힌 구속은 오늘 경기 최고 구속이었다. "초구부터 저렇게 빠른 공이라니"라는 생각이 들다가 든든하다는 생각이 들기 시작 했다. 역시 빠른공이다 보니까 타자가 타이밍을 잡기 힘들어 보였다. 첫 타자는 직구 3개로 3구 삼진을 잡아냈다. 1아웃을 순식간에 잡아내고 다음 타자가 들어섰다. 다음 타자는 변종석 선수였다. 1구째 또 빠른 공으로 스트라이크를 잡았다.

1스트라이크. 2구째는 커브를 던졌는데 변종석 선수가 어렵게 참아냈다. 1볼 1스트라이크. 3구째는 다시 빠른공으로 타이밍을 뺏으려 하였지만 변종석 선수가 잘 받아쳐 우익수 앞으로 떨어지는 안타를 만들어 냈다. 1사 1루의 상황 다음 타자는 4번 타자 박상우 선수였다. 박상우 선수를 상대로 초구는 직구가 아닌 슬라이더를 던졌다. 내 생각엔 앞의 타자들에게 초구를 모두 직구를 주었기에 박상우 선수도 직구를 노리고 타석에 들어왔을 가능성이 높다고 생각했을 것이다. 슬라이더로 스트라이크를 잡아낸 후에 2구째는 바깥쪽 직구를 던졌다. 타자가 헛스윙을 돌리며 2스트라이크가 되었다. 그리고 3구째 떨어지는 커브를 던졌다. 타자가 공을 맞췄지만 공은 3루수 정면으로 굴러갔다. 3루수는 2루수에게 송구함으로 1루에 있던 주자가 아웃되고 2루수가 1루수에게 공을 던짐으로 더블 플레이를 완성하며 8회 초를 무실점으로 마쳤다.

8회 말

8회 말 피닉스도 더 이상 실점하지 않겠다는 듯이 민병재 투수를 마운드에 올렸다. 이 투수는 너클볼로 유명하다. 너클볼이란 투수가 공을 던질 때 공에 스핀을 거의 주지 않게 던지는 구종인데 이것이 왜 치기 힘드냐면 공에 회전이 거의 없어 공기의 저항을 많이 받아 공의 움직임을 예측할 수 없기 때문이다. 드래곤즈의 선두타자 노정빈 선수가 타석에 들어섰다. 1구는 평범한 직구로 카운트를 잡았다. 2구째에 너클볼을 던졌는데 궤도가 위아래 양 옆으로 규칙성 없이 움직이는 것이 신기하게 느껴졌다. 2스트라이크로 볼 카운트가 몰렸고 3구는 슬라이더로 선두타자를 얼어붙게 만들었다. 1아웃. 다음 타자는 이민승 타자가 타석에 들어섰다. 이민승 타자를 상대로 초구는 다시 직구를 던졌다 하지만 이민승 선수가 직구를 잘 밀어쳐 1루수 키를 살짝 넘기는 타구를 만들어 냈다. 1사 1루. 다음 타자는 우리 팀의 4번 타자 윌리엄이 타석에 들어왔다. 나는 윌리엄이 큰 타구를 하나 날려주었으면 했다. 초구는 너클볼이 들어왔다. 이번엔 공이 뚝 떨어지기만 했는데 낙폭이 정말 커서 윌리엄은 헛스윙을 했다. 2구째를 받아 쳤지만 유격수 앞으로 굴러가는 땅볼로 병살타가 되었다.

9회 초

피닉스의 마지막 공격이다. 이 공격을 무실점으로 막기만 한다면 올해 챔피언은 우리 드래곤즈가 차지하게 된다. 9회에는 우리의 끝판대장인 지충열 선수가 올라왔다.

이 선수는 올해 35세이브를 올리며 리그 최고의 마무리 투수로 올랐다. 선두타자 김주원 선수를 상대로 첫 카운트는 12시에서 6시로 떨어지는 커브로 헛스윙을 유도해 냈다. 2구로는 빠른 직구로 타자의 타이밍을 완전히 빼앗아 스트라이크를 잡아냈다. 3구째는 바깥에서 휘어들어오는 슬라이더로 타자가 반응도 못하고 삼진으로 물러났다. 이제 승리까지 남은 아웃카운트는 2개만 남겨두고 있는 상황에서 이주환 선수가 타석에 들어섰다. 초구는 직구로 바로 승부를 걸어왔다. 타자는 배트를 휘둘렀고 공은 하늘로 떴다. 하늘로 날아 간 공은 3루수가 잡아내며 2아웃이 되었다. 이제 하나만 더 잡으면 모든 것이 끝난다. 이 경기의 마지막 타자가 될지 모르는 타자 문남 주 선수가 타석에 들어섰다. 지충열 선수가 던진 공은 빠른 속도로 스트라이크 존을 꿰뚫었다. 1스트라이크. 2구는 커브를 던졌다. 타 자의 방망이가 돌며 2스트라이크 되었고 우리는 모두 소리 지를 준 비를 하고 있었다. 그렇게 3구째 지충열 선수의 트레이드마크인 빠 른 직구로 스트라이크를 넣으며 시리즈 승리를 확정지었다. 선수들 이 모두 그라운드로 뛰어 나오며 기뻐했다.

"이렇게 드래곤즈가 올해 챔피언이 됩니다!"

드래곤즈의 승리를 지켜보며 내가 이렇게 뿌듯할 수 가 없다. 나 의 손에 쥐어지는 땀의 의미를 나는 알게 된 것 같다. 경기처럼 나 의 시험도 또 나의 삶도 다음 경기를 기다린다. 나의 야구도 다음 경 기를 기다린다.

 후기

저는 야구를 보는 것을 좋아했습니다. 그래서 책쓰기 동아리에서 책을 써야 한다는 이야기를 들었을 때 야구가 가장 머리에 먼저 떠오르게 되어서 제가 야구를 보러 간 경험과 상상을 덧붙여 이런 소설을 쓰게 되었습니다. 처음 쓰는 책인 만큼 부족한 점이 많지만 좋은 경험을 했다고 생각합니다. 만약 다음에 기회가 된다면 더 좋은 글을 쓰도록 노력하겠습니다.

제2부

★

발견하는 행복은

×

일상 발견

너는 봄

정민지

눈

이맘때쯤이면
네가 생각난다

때 묻지 않은 순수한 웃음 지으며
날 쳐다보던 너의 눈

그 눈빛은 얼마나 예쁜지
겨울에 펑펑 내리는 함박눈 같다

감자

감자 같네
얼굴이 꼭 감자 같아

동글동글
둥글둥글

모기

잡힐 듯 잡히지 않는다

아차 싶으면 이미 물린 뒤

밤하늘

밤하늘의 아름답게 수놓던 별
그 별들 사이엔 네가 있을까

지난여름 네가 떠난 뒤
매일매일 너를 밤하늘에 그려보았다

손에 잡힐 듯 가까워 보이지만
잡히지 않는다

너는 봄

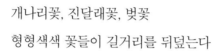

개나리꽃, 진달래꽃, 벚꽃
형형색색 꽃들이 길거리를 뒤덮는다

노란 개나리꽃은
네가 자주 입던 원피스와 같고

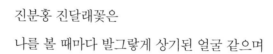
진분홍 진달래꽃은
나를 볼 때마다 발그랗게 상기된 얼굴 같으며

연분홍 벚꽃에서 나는 꽃 냄새는
네가 자주 쓰던 샴푸 냄새 같다

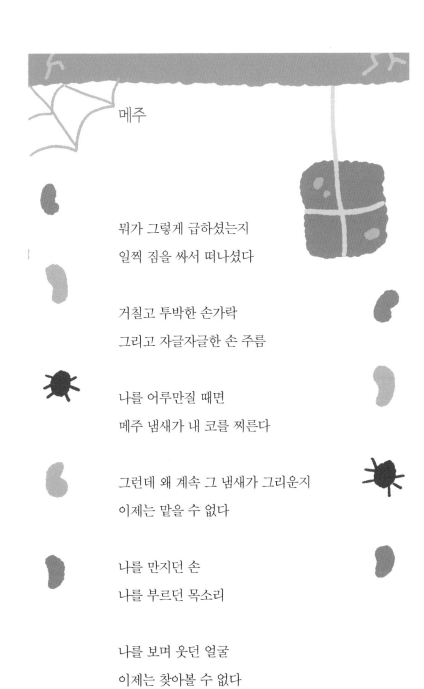

메주

뭐가 그렇게 급하셨는지
일찍 짐을 싸서 떠나셨다

거칠고 투박한 손가락
그리고 자글자글한 손 주름

나를 어루만질 때면
메주 냄새가 내 코를 찌른다

그런데 왜 계속 그 냄새가 그리운지
이제는 맡을 수 없다

나를 만지던 손
나를 부르던 목소리

나를 보며 웃던 얼굴
이제는 찾아볼 수 없다

바닷가

짭짤한 냄새가 나는 곳
시원한 바람이 불어오는 곳

모래사장을 걸을 때면
발가락 사이를 비집고 모래가 들어온다

저 멀리서 흰 원피스를 입은
너의 모습을 카메라에 담아본다

바닷가에 와서 설레서인지
네가 예뻐서인지

카메라에 너의 모습을 담을 때
내 심장은 요동친다

붕어빵

머리부터?

꼬리부터?

난 머리부터

프리지아

프리지아를 좋아하던 너는
샴푸마저도 프리지아 향이었지

바람이 살랑 불 때면
달콤한 향기가 나를 아찔하게 만들었다

프리지아처럼 예쁜 미소를 짓던 너
꽃잎이 바람에 흩날리듯 사라져 버렸다

반짝반짝 빛나는 너의 오늘을

달빛

자정을 넘어서는 지금
환한 달빛이 강물 위를 비춘다

사람들이 없어 조용한 거리
차들도 없어 한산한 거리

지금 이 순간에는 오직
달빛과 나만 존재한다

이 시간이 지나지 않기를
이 시간이 나에겐 너무나 소중하기에

가을밤

가을밤 떠난 너
그런 너를 애써 지워 본다

차가운 가을 바람은
코트 속까지 들어와서

매정하게 내 가슴을
후벼 판다

눈덩이

싫어하는 마음은

눈덩이처럼 크게 불어난다

걷잡을 수 없어지도록 커져서

그 마음은 계속 나를 괴롭힌다

걷잡을 수 없어지도록 커져서

그 마음은 계속 나를 괴롭힌다

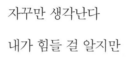
마라탕

자꾸만 생각난다
내가 힘들 걸 알지만

계속해서 생각난다
유달리 붉었던 너는

꿈

쌍기역, 이 꿈의 끝에는

우, 우리의 행복한 기억만 남고

미음, 미움만 사라지길

내가 평소에 주변에서 보고 느낀 것을 시로 풀어낸 것은 이번이 처음이다. 시로 적으면서도 잘하고 있는 것인지 계속 의구심이 생겼지만 완성하고 나니 매우 뿌듯하였다. 처음 적어보는 시인지라 부족한 점, 어색한 점, 허술한 점이 여러 곳이지만 많은 사람들과 공감하고 싶어서 적어내려가기 시작한 것이 이 시들이다. 나뿐만 아니라 다름 사람들도 쉽게 접할 수 있는 소재와 한번쯤은 느껴 보았을 감정들을 모아서 글로 여러 번 적고 지우고를 반복하였다. 이 시들이 다른 사람들에게 그저 스쳐지나가는 종이에 적힌 글로만 머무르지 않고 기억에 잔잔히 심어져서 문득문득 떠오른다면 이보다 더 행복할 순 없겠다.

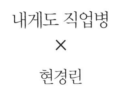

내게도 직업병
×
현경린

가방

내 가방에는 아무것도 없다.
있어 봤자 달랑 실내화 주머니.
하시만 가방과 같은 내 머리 속엔
꿈이 가득 들어 있다.

독학하여 평균 점수를 받는 '나'

간단하면서도 재미있게 자기소개를 하자면 나는 16살 이고, 등하교는 버스를 이용하며 친구가 적은 편도 아니고 많은 편도 아닌 사람이다. 그리고 나는 인간의 5가지 감각 중에서 후각이 가장 발달하였으며 키는 구름에 손이 닿을 만큼 크고 싶어 한다.

제일 중요한 성적은……. 독학하여 2학년 때에는 평균을 받았지만 3학년에 올라와서는 공부가 하기 싫기도 하고 공부를 열심히 하지도 않아서 평균에 못 미치는 성적을 받는다. (솔직히 3학년 공부가 어려워서 그렇지 나는 머리가 나쁜 편은 아니다. 아닌가?)

성적 얘기는 나중에도 많이 나오고 진지해야 하니 자기소개 주제를 바꿀 것이다. 바로바로 나의 성적이 아닌 성격 얘기로 말이다. 일단 나는 성격이 더러운 편이다. 왜냐하면 사람이 온화하지 못하고 기분이 자주 오락가락하며 화를 자주 내기 때문이다. 내가 생각했을 때, 사람이 '못 되었다'보다 '성격이 더럽다'가 조금 더 내 성격을 잘 정의해 주는 것 같다. 그리고 나는 단순하면서도 엄청 직관적이며 직설적이다. 그래서 주변에서 욕을 좀 먹긴 하지만, 난 나를 사랑하기로 하였다. 그리고 요전에 유행했던 MBTI 성격유형 에서는 ENFJ가 나왔다. 처음에는 "에이~저런 거 다 거짓말임"이라고 생각했었지만 난 어리석었다. 저 성격유형은 누군가가 나를 관찰해 놓은 거처럼 나랑 똑같았다. (특징을 볼 때 소름 돋았었다.)

생각보다 나는 올드한 취향을 가졌는데 지금도 1980년대의 재즈를 듣고 있다. 그 1980년대의 노이즈와 부드러우면서도 신나는 리듬이 좋아서 재즈를 즐겨 듣는다. 옷 스타일은 1940년대를 좋아하는데 그 이유는 단조로운 색감과 살아 있는 반듯한 각이 마음에 들기 때문이다. 좋아하고 선호하는 것들을 즐겨 듣고 보고 하다 보니 올드한 취향을 가지게 되었다.

그리고 나는 공부 습관이 특이한 편인데 암기를 하는 과목은 완벽하게 외우려 노트 정리를 엄청 열심히 하고 진짜 엄청 머릿속에 달달 외워야 하는 것은 파란 볼펜으로 A4용지에 빡지를 적는다. 누가 보면 당연한 거 아니냐고 생각할 수 있는데, 나한테는 특이한 방법이다.

내 자기소개는 이 정도면 충분할 거 같다. 왜냐하면 본인은 본인에 대한 TMI를 뿌리는 것을 좋아하기 때문에 중간 중간 내 성격이 어떠며 특징은 무엇인지 알고 싶지 않아도 보게 될 것이다.

별

와, 저기 별이 있어

와, 여기도 있는데?

그거 아까랑 똑같은 건데

???

학교를 다니는 '나'와 '나'의 친구들의 이야기

끼리끼리 만난다는 말에 소름 돋을 정도로 공감한다. 내 주변에는 성격, 취향, 행동 양식 등 많은 것에서 나와 비슷한 친구들이 있다. 내 친구들은 나를 제외하고 각각 ENFP인 소망, 희망, 리트리버 이렇게 3명, INFP인 어농 1명, ENFJ인 공차 1명이 있다. 소망이는 엄청 활발하고 희망이는 잘 웃으며 리트리버는……. 그렇다. 어농은 그림을 잘 그리며 내적 관종이고 공차는 엄청 특이한 친구다. 잘 맞는 애들 끼리 있어서 그런가, 매일 학교에서 안 웃는 일이 없다. 가끔은 진짜 애들이 정상인인가 헷갈릴 정도로 정신없는 하루를 보내기도 한다.

소망이랑은 재미있는 시간을 많이 보내었는데 어떻게 보내었는지 기억은 나지 않는다. 그래도 아직까지 기억에 남는 건 소망이는 철봉을 매우 잘 탄다는 것이다. 소망이의 전의 학교 체육복 바지를 입고 위에는 새본리 교복을 입었던 그 생생한 날을 나는 기억한다. 철봉에 매달려 웃긴 포즈를 취했던 것을 나는 사진으로 남겨 두었다.

희망이랑은 이상한 곳에서 웃음이 자주 터졌던 걸로 기억에 남는다. 항상 무언가를 주저리주저리 얘기하다가 푸핳! 거리면서 많이 웃었었다. (나는 희망이가 노래 부르는 영상을 가지고 있다.)

리트리버랑은 작년에 친해졌지만 지금은 몇 년 된 친구마냥 편하게 지내고 있다. 가끔 둘이서만 놀아도 알차고 재미있게 놀았었다. 예전에 방과 후를 마치고 집에 갈려는 길에 우리 학교 근처 다X소에 끌려갔다. 내가 막 옆에서 집에 가고 싶다고 찡찡 거려서 베베를 사 줬는데 나는 아직까지 먹지 않았다.

어농은 친해진지 진짜 정말 얼마 안 된 사이다, 왜냐면 어농이 전학 을 와서 인데 그래도 내가 말을 걸었을 때, 얘기가 잘 통하고 웃는 포 인트가 같아서 단기간에 많이 친해졌다. 얼마 전에 어농집에 리트리 버, 공차, 나 이렇게 셋이서 놀러 가서 재미있는 하루를 만들기도 했다.

공차는 나와 가장 잘 맞는 사람이지 않을까 싶다. 그 이유는 일단 나와 성격유형이 같다. 그리고 항상 뭔 말난 하면 서로 빵 터진다. 공 차랑 나는 많이 웃는 만큼 많이 싸웠지만 오글거릴 만큼 서로에게 진 심으로 사과하고 손 편지(?)와 진심 어린 말들을 많이 주고받았다.

나와 다르지만 어느 부분에서 같았던 친구들이기에 학교생활을 더 재미있게 보내지 않았을까. 원래 더 이상하고 골 때리는 일이 많 지만 책에 실리는 내용이니 최대한 가리고 교양 있어 보이게 적었 다. 진짜 나와 내 친구들은 너무 웃기고 재미있는 것 같다. 물론 나 도 그렇겠지만.

애들아 중학교 시절 동안 나랑 다녀줘서 고마워.

실내화

실내화는 슬리퍼다.
슬리퍼는 신발이다.
그러므로 실내화는 신발이니
밖에 신고 나가도 된다.

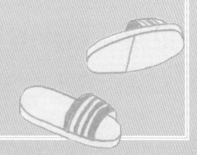

중학교 3학년인데도 '쿠X런'이라는 게임에 빠진 '나'의 이야기

난 꼭 시험기간에 게임에 빠진다. (내가 알기로는 아마 초등학생 때부터 쭉 시험 기간만 되면 게임에 빠졌던 걸로 안다.) 시험 기간에 대한 반항인지 아니면 그냥 공부를 하기 싫어하는 건지 나도 잘 모르겠다.

수많은 게임 중에서 굳이 쿠X런에 빠진 이유는 내가 어릴 때부터 해왔던 게임이고 깜찍한 쿠키들과 그 쿠키들이 가진 스토리와 깜찍한 관계도가 귀엽고 또, 단순하면서도 어려운 플레이 방식에 중독되었기 때문이다. 게임에 스토리 모드와 같은 대탈출, PVP모드, 이벤트 등, 내가 좋아할 만한 요소 세 가지가 적절한 조화를 이루었으니 내가 빠질 만하다.

게임에 대한 얘기를 하자면 나는 항상 게임에 진심이다. (막 폐인처럼 방 안에서 게임만 하는 놈은 아니고 그냥 게임을 진심으로 즐기는 정도이다.) 막 누군가에게 순위가 밀리면 "그럴 수도 있지" 하며 넘어가지만 속으로는 누구보다 속상해 하고 분해한다. 얼마 전에도 어농이 '헬X키티 프렌즈'(공차가 추천해 준 게임이다.)라는 게임에서 내 순위를 꺾고 올라갔다는 알림이 오자 나는 누구보다 빠르게 게임에 접속하여 어농을 꺾었다. 아무튼, 지금은 쿠X런이 아닌 '헬X키티 프렌즈'라는 게임에 더 빠져 있긴 하다. 하지만 지금이 시험 기간 이라는 것이 중요하다.

솔직히 내가 살면서 게임을 할 때 가장 재미있을 때는 바로 시험 기간과 수업시간. 그리고 집에 있을 때 남는 시간이다. 왜인지는 잘 모르겠지만 시험 기간 때 하는 게임이 제일 재미있다. 앞으로의 나는 과연 시험 기간에 게임을 안 할지 의문이다.

봄이었다.

좀 설레고
재채기 하고
눈을 긁으니
봄이었다.

시험 기간 때의 나와 평소의 나

나는 시험 기간 때는 공부하랴 게임하랴 사람이 아주 바빠서 조금 초췌해진다. 공부를 좀 빡세게 하긴 하지만 게임은 맨날 빡세게 하고 있으니 사람 체력이 두 배로 닳는다.

평소에는 쌩얼이며 생활복과 체육복의 적정한 조합으로 해서 아주 편하고 후줄근하게 다닌다. 꾸미는 것을 싫어하는 것은 아니지만 학생이라는 직업의 난이도가 고달픈지라 점점 귀찮아지면서 이젠 그냥 편하게 다닌다. 솔직히 말하자면 아침에 빨리 일어나지도 못하며 꾸밀 시간에 잠이나 더 자자는 마인드라서 엄청 후줄근해진다. 하지만 시험이 끝나고 3일간은 화장을 한다. 그 이유는 시험이 끝났다는 해방감을 느끼기 위해서이다.

나는 시험 기간 때 엄청 겉모습도 달라지지만 생활 모습도 달라진다. 평소에는 수업도 그렇게 집중해서 듣는 편은 아니고 선생님께서 설명하시는 거 대충 필기하고 교과서만 들여다보거나 별을 접는 등 엄청 수업을 소홀히 듣는다. 하지만 시험 기간 때는 머리도 엄청 빡묶고 선생님이 설명하시는 거는 무조건 필기하고 교과서 정독 후 형광펜 줄긋기, 볼펜으로 보충 설명 적기 등 교과서에 때려 넣을 수 있는 모든 것은 적어 넣는다. 그 외의 보충서나 자습서, 문제집 등을 이용하며 포스트잇도 자주 쓴다. 그리고 평소에는 쉬는 시간마다 화장실을 가거나 친구들이랑 장난을 치며 보내지만 시험 기간에는 제자리에 앉아서 아까 배운 것을 정리한다.

그리고 공책 정리도 엄청 달라지는데, 평소에는 지렁이 굴러가는 듯한 고대 글씨이지만 시험 기간에는 엄청 깔끔해진다. 시험 기간 때는 평소보다 공책에 칠해진 색의 수가 보다 다양하며 정리하는 방식 또한 눈에 띄게 달라진다.

종

학교 종이 땡땡땡
어서 나가자
버스는 날 기다려 주지 않으니
어서 나가자

학생이라는 직업병

학생이라 하면 떠오르는 것은 단정한 교복과 학생 때의 풋풋함을 담고 다니는 백팩이지 않을까. 덕분인지 나는 버스를 탔을 때 교복을 보고 "아 저기는 무슨 학교 구나~"하며 생각하게 된다. 학생이라는 이미지를 보는 것 그게 학생이라는 직업의 직업병이다. 다른 유형도 있다. 예를 들어 "놀고는 싶지만 성적도 올라갔으면 좋겠어."처럼 노는 것과 성적 향상의 이면성을 모두 갖는 유형이 있다. 나는 주로 놀고도 싶고 성적도 오르고 싶어 하지만 무엇보다 "노력한 만큼 나오겠지"라는 믿음을 갖는 것이 나의 직업병이다. 남들과 같은 시간을 보내지만 나는 내가 할 수 있는 최대한에서 노력한다. 하지만 노력한 만큼 결과가 나오지 않는 다면 속상하고 좌절할 것이 분명하기에 믿음을 갖는다. 그리고 그게 어쩌다 보니 학생이라는 직업이 가질 수 있는 직업병이 되었다.

학생도 꽤나 힘든 직업이다. "그냥 앉아서 공부만 하면 되지 뭐가 힘드냐?"라고 생각하는 사람이 대부분 이지만 학생들은 그렇지 않다. 학교 안에서 이루어지는 암묵적인 경쟁에서 올라가려 노력해야 하고 자신의 이미지를 가꾸는 데에도 노력해야 한다. 무엇보다 자신이 원하는 고등학교에 가기 위해 더 많은 것을 학습하고 많은 시간을 의자에 앉아서 보내야 한다. 자신이 좋아하는 과목이든 싫어하는 과목이든 성적이 높아지려 발버둥 쳐야 한다. 경제생활을 하지 않을 뿐, 학생들도 사회에 나가려 힘든 시간을 보내고 있다. 어떤 직업이든 편안한 마음으로 근무하고 배우는 시간이 있었으면 좋겠다.

✒ 후기

　나는 너무나도 행복하면서 피곤한 생활을 하고 있다. 모자란 점은 많고 보완할
줄 몰라 스트레스를 받지만 곁에 친구들과 가족이 있고, 우리 학교 선생님들이 계
셔 더 행복하고 즐거운 생활을 이어나갈 수 있는 것이지 않을까 한다.

　책을 적으면서 내가 어떤 마음으로 학교를 다녔는지, 학교에 다니는 나의 모습,
학교에서 친구들과 만든 추억들 등 많은 것을 되돌아봐 좋은 기회였다. 앞으로도
몇 년 동안 학생으로 살되 지금이랑 변함없는 마음가짐과 행동양식으로 남은 학창
시절을 보내고 싶다. 진짜 사회로 나가서 직업병을 제대로 맞이하기 전에 학생이
가질 수 있는 이 직업병을 조금 더 느껴야겠다.

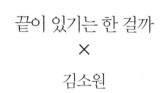

끝이 있기는 한 걸까

×

김소원

구름

누구의 작품일까?
어떤 화가도 따라 할 수 없어

누구의 작품일까?
모양이 다 제각각이야

누구의 작품일까?

마음의 키

왜 안 크는 걸까

멈춰버린 걸까

내 마음만은

170

작심삼분

다이어트는
1분, 2분, 3분
성인 돼서 하면 되지

운동은
1분, 2분, 3분
내일부터 하지 뭐

시험공부는
1분, 2분, 3분
진짜 진짜 내일부터 시작!

계획표
- 다이어트
아침 / 삼시 세끼 3개
점심 / 샐러드 + 아보카도
저녁 / 없음

- 운동
하루에 1시간 이상
스쿼트 100개, 러닝머신 30분

- 시험공부
과학 교과서 다 끝내기
역사 교과서 3번 보기
영어단어 모두 외우기

공주

지금은

핑크드레스만 입는 공주님보단

보라색 드레스를 입는 공주님이 좋다

지금은

왕자님의 고백을 기다리는 공주님보단

왕자님보다 더 먼저 고백하는 공주님이 좋다

지금은

여린 마음을 가지고 있는 공주님보단

강한 마음을 가지고 있는 공주님이 좋다

지금은

자신의 모습을 감추어 딱딱해 보이는 공주님보단

자신의 모습을 드러내는 공주님이 좋다

굴

새콤달콤 귤

동글동글 귤

노란 귤

주황 귤

큰 귤

작은 귤

다 맛있다

떡볶이

떡볶이는 맛있다

매콤하지만

달콤하고

쉽게 질릴 것 같지만

질리지 않는다

그래서 나는 떡볶이를 좋아한다

꽃

세상에 예쁘지 않은 꽃이 있을까?

이기적인 사람

단지

내가 슬픈 것이 싫어서

남보다 내가 먼저 죽길 원하는 사람

그 사람이 나다

글쓰기 김소원

끝이 있기는 한 걸까?

 후기

친구 지후에게 바친다. 힘들었다. 그러나 일상을 발견하는 즐거움도 있었던 것 같다. 특히 끝을 알 수 없는 책쓰기를 마칠 수 있어서 좋다.

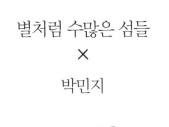

별처럼 수많은 섬들

×

박민지

섬

고독함에 시달리는 섬도 있고
외로움을 받아들이는 섬도 있고
아무도 살지 않는 섬도 있고

저마다 섬들이 가지는
의미가
다르다

아름답고 꽃이 화사한
내 마음의 섬에
가고 싶다

별처럼 수많은 섬들

우리나라엔 섬이 몇 개가 있을까? 정확히는 모르지만 3600개가 넘는 걸로 알고 있다. 우리나라는 인도네시아, 필리핀, 일본 다음으로 세계에서 4번째로 섬이 많다. 섬 중에서 가장 큰 섬은 어디일까? 우리나라의 대표 관광지 중 하나인 제주도이다. 그 다음으론 경상남도에 위치한 거제도이다. 우리나라의 섬 중엔 유인도와 무인도가 있는데 무인도가 점점 늘어나고 있다고 한다. 이를 통해 섬에서의 생활이 얼마나 불편한지 알 수 있었다. 우리나라는 섬의 숫자만 많은 것이 아니라 섬 하나하나가 자연적으로 가치가 있다. 그중에서도 섬 전체가 천연기념물로 지정된 곳도 있다. 다양한 섬에 대해 알아볼까?

외로운 섬, 독도

"저 멀리 동해 바다 외로운 섬, 오늘도 거센 바람 불어오겠지."

독도라는 섬은 우리들에게 어떤 의미일까?

나는 우연히 TV에서 독도를 배경으로 '홀로 아리랑'이라는 노래를 들은 적이 있다. 이 노래가 담고 있는 뜻은 무엇일까? 독도 이야기와 남과 북이 하나가 되기를 염원하기를 바라는 내용을 담고 있다고 한다. 사실, 나는 독도라는 섬에 대해서 깊이 생각한 적이 없다. 나는 그냥 동해 바다 끝에 작은 섬이 있다는 정도로만 알고 있다. 그래서 나도 독도에 대해 좀 더 알아볼 필요성을 느꼈다.

　우선 독도는 우리나라 천연 기념물 제 336호로 지정된 섬이고, 우리나라 동쪽 끝에 위치한 섬으로 동도와 서도 두 개의 섬과 주변의 암초들로 구성된 화산섬이다. 그리고 독도 바다 주변은 엄청난 황금 어장과 천연 자원들을 가지도 있다. 특히 미래의 에너지원으로 꼽히는 '가스 하이드레이트'가 많이 매장되어 있다고 한다. 또한, 독도 주변의 바다는 명태, 오징어, 상어, 연어 등 다양한 물고기들이 많이 잡힌다. 바다 속에도 다시마, 소라, 전복 등 해조류가 다양하게 서식하며 상당량의 지하자원이 묻혀 있는 곳이다. 그래서 독도는 우리의 소중한 영토이자 자산이기도 하다. 그런데 우리나라 영토인 독도를 염탐하는 나라가 있다. 바로 일본이다. 예전부터 일본은 정치적으로 복잡할 때마다 독도는 자기나라 땅이라고 우길 때가 많았다. 또, 독도를 디케시마라고 부르고, '나케시마의 날'을 만들어 지정해 놓기도 했다. 그리고 일본 역사 교과서에도 왜곡된 진실들을 담아놓고 말이다. 일본 역시도 독도라는 섬이 가치가 상당히 높다는 것을 알고 있었기 때문이다.

　매년 10월 25일은 무슨 날일까? 바로 독도의 날이다. 1900년 10월 25일 조선의 고종 황제는 대한 제국 칙령 제 41조로 독도를 울릉도의 부속 섬으로 명시하였다. 그런데 독도의 날을 지정하고 의미를 되새긴 날은 10년 정도 밖에 되지 않았다. 매년 이 날이 되면 독도 행사를 열어서 뜻깊은 시간들을 갖는다. 우리는 바쁘다는 이유로 독도에게 무심할 수도 있다. 하지만, 독도라는 섬이 우리에게 소중한 영토라는 것을 알아야 할 것이다.

일본이 독도가 자기네 땅이라고 주장하는 이유는 무엇일까? 첫 번째로는 독도는 일본이 먼저 발견했고, 실질적으로 일본이 먼저 이용한 일본 땅이다. 라고 주장하고 있다. 두 번째는 1905년 일본 시마네 현의 발표에서 일본은 독도가 주인이 없는 땅이었고, 주인 없는 땅은 먼저 차지한 나라가 소유하는 것이라며 독도를 슬쩍 빼앗아 갔다. 1905년은 일본이 우리나라의 외교권을 빼앗은 해인데, 그후 일본은 독도를 '다케시마'라고 부르면서 시마네 현의 땅으로 삼았다. 세 번째로는 광복 후에 일본이 미국, 영국, 중국 등과 맺은 조약 내용에서 제2차 세계 대전에서 패한 일본은 1951년에 미국, 영국, 중국 등과《샌프란시스코 강화 조약》을 맺었다. 이 조약에는 일본이 강제로 빼앗은 우리나라 땅을 돌려준다고 되어 있는데 조약에는 독도를 돌려준다는 문구가 없다는 이유로, 1910년 이후에 빼앗은 땅만 되돌려주면 되고 독도는 그 이전부터 자기네 땅이었기 때문에 되돌려 주지 않아도 된다고 주장하고 있다.

그렇다면 우리 선조들 중에 독도를 지키기 위해 희생하신 분이 계실까?

조상들은 왜군의 침략들을 많이 받으면서도 나라를 지키기 위해서 무수히 많은 노력들을 해왔다. 그중 우리 독도를 지키기 위해 희생하신 안용복이라는 분이 계셨다. 이 분은 숙종 때 어민이었는데, 일본 어민들이 울릉도를 자주 침범하자 일본에 가서 우리 영토 침범을 항의하고, 일본 어민들을 내쫓은 분이시다. 그후에도 일제 강점기가 지나고 광복이 된 후에도 독도를 지키려는 노력은 계속됐다. 1953년에는 홍순칠 대장을 중심으로 한 울릉도 청년들이 독도 의용 수비대를 만들어 1956년까지 독도를 지켰다. 지금은 독도 경비대가 독도를 지키고 있다. 위와 같은 이런 훌륭하신 조상들 덕분에 지금의 우리가 있을 수 있었던 것 같다.

어쩌면 매일 바쁘게 살아가는 우리로 써는 독도에 대한 관심을 가지지 못하는 게 사실이다. 한 번씩 뉴스에서, 교과서에서 일본의 독도에 대한 억지 주장을 내세울 때 잠시 관심을 가지곤 한다.

우리는 일본과의 과거 피눈물 나는 식민지 생활로 아직까지 청산되고 있지 않은 과거사는 물론 위안부 피해 할머니에 대하여 사과한마디 없이 엉뚱한 이야기만 반복하고 있는 일본의 무지함을 넘어서서 자기네 조상들이 우리나라 땅이라고 인정하고 있는 여러 역사적 고서들과 지도들이 너무나 많이 존재하고 있음에도 불구하고 독도를 자기네 땅이라고 우기고 있는 데는 그만큼 독도의 많은 장점들 때문이라 탐내는 것을 보고 한심하고, 좀 유치하다는 생각이 들었다. 나는 독도라는 섬이 우리나라의 중요한 영토라는 사실을 인지하고 독도에 대해서 조금씩 알아가면서 우리도 독도를 지키고 관심을 가져야겠다는 생각이 들었다.

울릉도에 대한 모든 것

울릉도는 독도 주변에 있다고만 들어봤고, 정확히 몰랐다. 이번 기회를 통해 상세히 알아보고자 한다. 1읍(울릉읍), 2면(북면), 서면으로 구성되어 있으며 군청은 울릉읍 도동리에 있다. 또한, 경상북도 동북

단 동해상에 위치한 군으로 사면이 바다로 둘러싸여 있다. 울릉군의 주도(主島)는 울릉도이며, 부속도인 관음도는 예전에 유인도였다가 지금은 무인도로 변했으나 연도교가 놓여서 관광객들이 즐겨 찾는다.

울릉도의 역사에 대해 이야기해 보자면, 울릉도는 국토의 막내이며 사연이 많은 곳이다. 512년(지증왕 13) 때 이사부 장군에 의하여 신라에 귀속되었다. 그 당시 울릉도를 우산국(于山國)이라 불렀으며, 우해왕(于海王)이 나라를 통치하고 있었다. 그때 신라 장수 이사부 군사가 처음 우산국에 상륙하여 이 작은 섬을 쉽게 정벌할 수 있으리라 생각하고 있었다. 하지만 바다와 험준한 산악에서 살아온 우산국 주민들은 손쉽게 항복하지 않았다. 반발이 예상 외로 거세자 이사부 장군은 기발한 아이디어를 써서 섬사람들은 그만 항복하고 만 것이다. 근대에 들어오면서부터는 한반도의 여러 섬들을 개척하라는 고종 황제의 명을 받들어 벼슬을 시행하던 김옥균의 역할이 컸다고 한다. 고종 19년(1882)에 개척령이 내려지기 전까지만 해도 울릉도에는 한국인 116명과 일본인 79명이 나라의 허락도 없이 몰래 들어가 도벌과 해산물, 약초를 채취하면서 생활하고 있었다. 지금의 우리 울릉도는 1914년 경상남도에서 경상북도로 이속되었다. 1949년 정부 수립 후 울릉군이 되었고, 1979년 남면이 울릉읍으로 승격하였으며, 2000년 4월 7일 울릉군 울릉읍 독도리를 신설하였다. 그래서 아름다운 울릉도가 생겼다. 그렇다면 이 아름다운 울릉도에는 어떤 좋은 장점들이 있고 자랑할 것들이 있을까? 예를 들면, 여름철에 내수전해수욕장에서 야영을 많이 한다. 내수전 약수터에서 한참을 위로 올라가면 죽도, 관음도, 섬목이 한눈에 펼쳐진다. 내수전 일출전망대에서 석포마을까지는 트레킹 코스로 좋다. 석포에서 오른쪽에는 관음도가 정면으로 보이고, 선창에서 현포마을까지 절경의 해안도로가 이어진다. 그리고 또 유명한 발전소가 하나 있는데, 해안 길을 조금 가다 보면 우리나라에서 유일하게 지하수로 발전을 하는 추산수력발전소가 있다. 그 위로는 거대한 송곳봉이 솟아 있다. 추산 바다에 떠 있는 코끼리바위를 보면서 나아가면 현포 항에 닿는다. 현포 항을 굽이굽이 넘어가면 태하리 성하신당이 나온다. 선착장 우측에 있는 모노레일을 타고 태하등대 앞 전망대에서 내려다 본 해안절벽은 현기증이 날 정도로 아찔하였다. 이곳은 '월간 산'에서 추천하는 한국 10대 절경 중 하나이다. 터널을 지나오면 남양에 사자바위와 투구봉, 통구미마을의 거북바위가 보인다. 코리아나 호가 정박해 있는 사동을 지나면 도동으로 넘어가는 고갯길이 있다. 고갯길을 막 넘어가면 울릉도의 중심지 도동항에 이른다. 이처럼 울릉도는 많은 장점과 우리 인간에게 꼭 필요한 영토이다.

현재 울릉도의 교통수단은 유일하게 여객선뿐이다. 울릉도의 관문인 도동항구가 너무 작아서 저동, 사동항 등으로 분산되어 여행객들이 들어온다. 또 다른 불편은 서해나 남해와는 달리, 연간 3개월 정도 여객선이 결항하기에 겨울에는 관광객들을 유치하는 데 애를 먹고 있다. 그래도 울릉도와 독도를 묶어서 패키지로 떠나는 여행은 우리나라에서 가장 인기가 많으며 누구나 한번쯤은 꼭 오고 싶어 하는 곳이다.

지금도 울릉군에서는 육지와 울릉도를 이어주는 여객선, 독도 행 여객선, 섬 일주 유람선, 도동에서 죽도로 향하는 배들을 안전하게 점검하고 각종 위급한 상황이 생길 때 긴급대응과 훈련을 하면서 육지손님들을 기다리고 있다.

한센인들이 모여 있는 소록도

고흥반도의 서남쪽 끝 녹동항 앞바다, 이 앞에 면적 4.42km2밖에 되지 않는 작은 섬 소록도가 있다. 한센병 환자를 위한 국립 소록도 병원이 들어서 있는 섬으로 더 유명해졌다. 섬은 사면이 바다로 둘러싸여 있기 때문에 가진 자에게는 낭만의 장소이자 한편으로는 고립의 장소다. 이 섬은 갇힌 장소 즉 구분을 위한 목적으로 이용되어 온 대표적인 곳이다. 일제강점기에 소록도가 한센병 환자들을 모은 것은 이들을 격리하기 위함 이었다. 국립 소록도 병원은 1917년부터 한센병 환자를 수용하여, 1941년에는 6천명이 살기도 했다지만 지금은 600여 명이 살고 있다. 문둥이는 차에 태울 수 없다는 이유로 버스에서 강제로 내려져 일주일을 걸어도 도착하기 힘들었던 섬이소록도다. 예전에는 배를 타고 가야 했지만 지금은 걸어서도 갈 수 있다. 같은 민족의 이웃을 단지 한센병 환자라는 이유로 그리도 차별할 수 있었을까 싶지만 그때는 그것이 통했다. 녹동항과 소록도를 잇는 소록대교는 지난 2008년 6월 준공됐다. 이제는 격리 대신 육지와 소록도를 이어주는 소록대교를 통해 소통을 상징하는 섬이 되었다. 이 대교를 건너서 뭍과 소록도 사람들이 수시로 드나들고 있다. 소록도는 환자생활지역을 제외하면 일반인들이 자유롭게 출입하는 섬이 되었다. 50주년기념비 옆에는 안내판이 세워져 있다. '마리안느&마가

렛 수녀님'이란 제목에 사진 넉 장과 함께 설명문이 새겨져 있다. 넉 장의 사진 중에는 중앙공원의 공적비도 있다. 두 장의 사진은 수녀님의 사진이고 한 장은 두 수녀님들이 살았던 관사 사진이다. 추모비 건너편에는 관사가 있는데 이곳이 바로 수녀님들이 살았던 그 관사다. 소록도에서 43년 간 봉사하다 홀연히 본국 오스트리아로 떠난 마리안느(71), 마가렛(70) 수녀의 사연이 적혀 있다. 이들 '벽안의 천사' 들이 소록도에 들어온 것은 1962년 6월이었다. 그리스도왕의 수녀회 소속으로 간호사 자격을 가진 20대 후반의 두 수녀는 병마와 싸우며 힘겹게 하루하루를 나던 한센병 환우를 돕기 위해 소록도를 찾았다. 이들은 당시 국내의 열악한 치료 여건 때문에 오스트리아에서 보내온 의약품과 지원금 등으로 온갖 사랑을 베풀었다. 환우들의 강력한 만류에도 불구하고 장갑도 끼지 않은 채 상처에 약을 발라주는 등 헌신적인 치료 활동을 했다. 배를 타는 선착장 양쪽으로 철부선이 닿을 수 있는 경사제가 있고 그 옆 경사제에는 '국립 소록도 병원행'을 알리는 철부선 '소록호'가 정박해 있다. 물론 지금은 운항하지 않는 배다. 소록대교가 생기기 전엔 세상과 유일한 소통로는 바로 이 철부선이었다. 주민들은 그동안 소록도와 녹동항을 하루 40차례 왕복했던 선박(도양 7호)을 이용했다. 절망 앞에 있는 사람이라면 행복을 꿈꾸는 사람들은 꼭 한번 가봤으면 한다.

섬

먼 바다에 푸른 섬 하나
작고 볼 건 없지만
파보면 보금자리

먼 바다에 푸른 섬 하나
겉모습은 볼 거 하나 없지만
파보면 지하자원이 무한한
우리의 섬

자세히 파보면 아름답다

 후기

　여러 섬들을 찾아보고, 평소 관심 없었던 분야를 잘 알 수 있었던 기회가 될 수 있어서 좋았다. 책 쓰는 시간이 오래 걸리고 책 하나를 만드는 데에 많은 시간을 투자해야 한다는 걸 알게 되었다. 책 한 권 한 권 읽을 때마다 소중함을 느껴야겠다.

제 3 부

★

우리가 자유로울 수 없다면

×

구속받지 않는 마음

벙커

×

배준서

프 롤 로 그

꿀꺽. 지금 이 순간 우리는 숨소리조차 죽이고 열쇠 구멍을 찾는 데
에만 집중하고 있다. 어쩌다 우리의 신세가 이렇게 되었는지에 대해
서는 생각할 겨를도 없었다. 지금 이 순간 집중하지 않으면 나와 내
앞에 있는 사람의 인생이 끝날 수도 있기 때문이다. 마음 같아서는 챙
겨온 손전등을 켜서 구멍을 찾고 싶지만, 그랬다가는 불빛이 새어나가
발각될 수도 있다. 아니, 이미 우리의 탈출 계획은 들켰을 수도 있다.

"준우 씨, 생각보다 열쇠 구멍 찾기가 어려워요. 이러다 그 사람이
여기까지 오면 어쩌죠?"

내 앞에 있는 사람은 울먹이는 목소리로 내게 말했다. 한손은 구멍
을 찾는 데에 열중하고, 다른 한손은 내게 의지한 채로 말이다.

"괜찮을 겁니다. 아니, 괜찮습니다."

나는 떨리는 목소리를 억제하며 대답했다.

"그렇게 말씀해 주시니 한결 괜찮아……."

쿵 쿵 쿵

괜찮아질 것 같다는 대답을 다 듣지 못했을 때 우리의 뒤에서 발소
리가 들리기 시작했다. 이 발소리가 의미하는 것은 나와 이 사람 모
두 말하지 않아도 알고 있었다.

'그 사람이 오고 있다.'

　한치 앞도 보이지 않는 이 밤, '벙커'안의 칠흑 같은 어둠이 내 마음을 대변해 주는 것만 같았다.

배 준 우

　그날은 다른 날과 조금 달랐다. 나의 여자 친구인 민희가 제주도로 여행을 가자는 것이었다. 그녀는 평소에 데이트는 자주 했어도 여행을 가자고 먼저 말한 적이 없었기 때문에 나는 조금 놀랐다.

　"왜, 나랑 가기 싫어?"

　내가 놀란 눈으로 멀뚱멀뚱 쳐다보자 그녀가 물었다.

　"아, 아니 나는 무조건 찬성이지! 너무 기뻐서 좀 놀랐을 뿐이야."

　"그렇지? 이게 우리가 이렇게 가는 처음이자 마지막 여행일 거야."

　"어…… 그래?"

　"응. 그럼 간단한 짐만 들고 토요일에 만나자!"

　"알겠어."

　그날 나는 그녀의 처음이자 마지막인 여행이 될 것이라는 말을 이해하진 못했지만, 웃으며 헤어졌다.

　평범한 직장인이었던 나는 목요일 저녁 혼자만의 휴식을 가지러 목욕탕을 가려고 지하철을 탔다. 그런데 조금 전에 헤어진 민희의 목소리가 들리는 것이었다. 아니나 다를까, 그녀가 조금 떨어진 곳에 앉아서 전화를 하고 있었다. 나는 그녀에게 가려고 하다가 조금 전에 인사도 했고, 어차피 다음 정거장에서 내려야 했기 때문에 가지 않았다. 사람이 붐비는 지하철역을 나와 도착한 목욕탕에는 평일이라 그런지 사람이 거의 없었다. 나는 간단히 샤워를 마친 후에 뜨거운 탕에 들어가서 눈을 감았다. 그리고 좀 전의 상황에 대해 생각을 해보았다. 지하철에서 그녀의 목소리는 잘 모르는 사람과 전화할 때의 목소리였다. 그녀와 사귄지 2년이 넘었는데 그것을 착각했을 리는 없었다.

"그냥 새로 생긴 동료 과학자와의 통화겠지."

과학자였던 그녀는 평소에 일을 열심히 하는 성격이었기에 그렇게 생각하고 넘겼다. 그리고 나의 생각의 방향은 제주도 여행으로 넘어갔다. 이렇게 가는 처음이자 마지막 여행이라는 말이 잘 이해가 가지 않았다.

'혹시 결혼 계획을 세워서 결혼하기 전 마지막 여행이라고 한 걸까?' 나는 눈치가 빠른 편은 아니었기 때문에 그런 내가 단순히 알아차리지 못한 것이라고 생각했다. 그러나 이틀 후 내가 제주도에 가서 그녀에게 들은 말은 다소 황당하고 이해하기 어려운 말들이었다.

"준우 씨, 놀라지 말고 들어. 곧 아시아 전체 혹은 지구 전체가 멸망할 거야."

그녀는 이런 말을 생각보다 침착하게 전달했다.

"어? 그게 무슨 말이야?"

놀라지 말라고는 했지만 전혀 놀라지 않고 들을 수 있는 이야기가 아니었다. 나는 당황한 표정과 떨리는 목소리로 다시 한번 물었다.

"그게 무슨 소리냐니까?"

"곧 커다란 운석이 떨어질 거야. 공룡 시대 멸종…… 뭐 이런 얘기 들어봤지? 그런 상황이 재현될 거라고."

나는 믿을 수 없는 얘기를 들었지만 그녀가 거짓말 하는 것을 한번도 본 적이 없기 때문에 일단은 믿어보기로 했다. 그리고 그녀에게서 들은 해결책은 더욱 황당했다.

"우리는 이 곳 제주도에 있는 벙커에 들어가서 살아남을 거야. 그곳에는 식량도 많이 준비되어 있고, 사람이 여러 명 살 수 있는 장비들도 있어."

"그러면 그 벙커에는 우리 둘이서 들어가는 거야?"

나는 반신반의하며 물었다.

"아니. 준우 씨와 나, 우리 엄마를 포함해서 총 10명이 들어갈 예정이야."

"우리 엄마를 포함해서"라는 말을 할 때의 그녀의 표정은 부모님이 안 계신 나에게 미안한 감정을 담고 있는 듯했다. 이러한 부분까지 거짓말을 할 리가 없다고 생각되었기에 나는 그녀를 따라가기로 결심했다.

"알겠어. 그러면 언제 들어가는 건데?"

"내일 들어가는 게 내 계획이야. 3일 뒤에 운석이 떨어질 거거든."

그 말을 뒤로 그녀는 같이 들어갈 사람들 7명에 대해서도 이야기를 해주었다. 그중에는 그녀가 알던 사람도 당연히 있었지만 그녀가 모르는 사람도 포함되어 있었다. 나는 그 점에서 의문을 가졌다. 하지만 그녀는 꽤나 정의로움과 평등함을 추구해왔기 때문에 그 사람들까지도 공정하게 포함시켰을 것이라고 생각했다.

그리고 그 다음 날, 그녀가 벙커로 나를 데리고 갔다. 나는 밤에 잠을 설쳤던 탓에 굉장히 피곤했고, 그녀는 그런 나를 거의 끌고 가다시피 했다. 벙커는 깊은 산속에 있었다. 그리고 그곳에 도착하니 그녀가 정했다는 사람들이 기다리고 있었다. 나는 잠이 와서 제대로 보지는 못했지만 어렴풋이 기억나는 그들의 첫인상은 '풀이 죽어 있는 사람들'이었다. 그들은 별로 말을 하지 않았다.

"어디 보자. 하나, 둘, 셋, 넷, 다섯, 여섯, 일곱, 여덟, 아홉…… 어? 한 명은 어디 갔지?"

사람들의 수를 세어보던 민희는 한 명이 아직 도착하지 않은 것 같다며 벙커의 문만 열어 놓은 채 조금 기다리자고 했다. 그러면서 작은 목소리로 약속 시간이 지났는데 오지 않는다며 투덜거리는 듯했다. 그리고 15분 정도 뒤, 한 남자가 산길을 뛰어오는 것이 보였다. 그러자 그녀는 우리를 모두 벙커의 안쪽으로 데려다 놓은 뒤 그 사람까지 데리고 들어왔다. 그렇게 우리 10명은 최후의 생존자가 되리라는 생각을 하며 벙커에서의 생활을 시작했다.

벙커

열 명이 모두 벙커 안으로 들어오자 민희는 문을 열쇠로 닫았다. 벙커의 문은 특이하게도 안에서도 열쇠로 문을 잠그는 형식이었다. 그런데 벙커에 들어오자마자 사건이 발생했다. 마지막에 뛰어온 사람은 원래 예정되어 있던 사람이 아니었던 것이다. 그는 자신의 이름은 '이우성'이라고 소개하며 운동을 하다가 물을 깜빡해서 물을 얻어 마시려 했을 뿐이라는 것이다. 민희는 당황하는 기색이 역력했다. 그리고 잠깐 나를 불러 어떻게 하면 좋을지 이야기를 해보자고 하였다. 나는 그녀에게 이 사람을 내보내야 한다고 말했다. 그러나 그녀는 이 벙커의 존재를 안 이상 그냥 내보낼 수는 없다고 했다.

"그럼 저 사람에게도 지금의 상황을 설명하고 같이 살자고 하면 되겠네."

내가 제안했다.

"어…… 그래야겠네."

그녀는 어쩔 수 없이 그러기로 했다. 그러고는 다시 그 사람에게 돌아가서 나한테 했던 것처럼 설명을 시작했다. 그녀의 설명을 듣는 동안 이우성이라는 사람은 고개를 갸웃하기도 하고 표정이 일그러지기도 했다. 하지만 그녀의 설명을 다 듣고 나서 조금 생각을 하는 듯 보이다가 이내 수락했다. 이렇게 해서 사람은 한 명 바뀌었지만 원래 계획대로 벙커에서의 삶은 시작되었다.

그날 저녁 우리는 각자의 방을 배정받고 큰 거실에 모였다. 그리고는 민희가 각자를 소개하는 시간을 가지자고 했다.

"제 이름은 이민희, 이 벙커의 주인이자 여러분들을 이 곳으로 부른 사람입니다."

민희가 간단히 자신을 먼저 소개하면서 각자의 소개가 시작되었다.

"제 이름은 배준우, 민희의 남자친구입니다."

"저희는 김단우, 김단아, 남매입니다."

남매는 꽤나 진지한 그리고 작은 목소리로 그들을 소개했다.

"제 이름은 우아린이에요."

"저는 노서하입니다."

"저는 김우리."

이들 셋은 비교적 쾌활한 목소리로 그들을 소개했다. 그들 중 우아린과 김우리는 벙커에 들어오기 전부터 민희가 알던 사람들이었고, 노서하는 그들이 데려온 사람이었다.

"제 이름은 최희준입니다."

그는 들릴 듯 말 듯한 목소리로 말했다. 지금의 상황 때문인지 그의 말투는 비교적 불만스러웠다.

"제 이름은 아까 말했다시피 이우성입니다. 이렇게 된 이상 다 함께 잘 지내 봅시다!"

그는 우리 중 가장 우렁차고 힘 있는 목소리로 자신을 소개했다.

"안녕하십니까, 저는 조복희입니다. 여러분들을 부른 민희의 엄마이기도 하지요."

나는 민희의 어머니와 구면이지만 자세히 알지는 못했다. 그러나 들을 때마다 느껴지는 그녀의 노인답지 않은 우아한 목소리는 귀에 쏙쏙 박혔다.

이렇게 민희의 어머니를 마지막으로 간단한 자기소개가 끝났다. 끝난 후 우리는 멀뚱멀뚱 앉아 있었다. 노서하와 김우리, 우아린은 소곤소곤 얘기를 하고 있었고 나머지는 민희와 나를 제외하고 혼자 조용히 앉아 있었다. 10명 사이에 흐르는 어색한 공기를 뚫고 민희가 저녁 식사를 하자는 이야기를 꺼냈다. 그리고 민희가 가져온 음식들은 바깥에서 먹던 음식들과 다를 것이 없었다. 한식, 양식, 일식, 중식 등 여러 종류의 음식들이 준비되어 있었고, 나는 그중 한식 비빔밥을 골라서 가지고 갔다. 이우성씨와 나, 그리고 민희는 먼저 먹고 싶은 음식들을 골랐다. 어머님을 위한 음식은 미리 따로 빼놓은 상태였고 우아린, 노서하, 김우리는 차례로 일식, 중식, 양식을 가져갔다. 그리고 남은 세 사람은 딱히 저녁 생각이 없는 듯 보였다.

"새로운 곳에서 적응하느라 힘드실 텐데 뭐라도 좀 드세요."

민희가 그들에게 그릇을 건네주며 말했다. 그러자 그들은 음식을, 아주 적은 양의 음식을 덜어가서 먹기 시작했다.

　조용한 벙커에서의 첫 식사가 끝난 후 우리는 설거지 당번을 정하기로 하였다. 나이가 많은 어머님을 제외하고 나머지 9명이서 1주일씩 번갈아가며 당번을 맡기로 하자고 민희가 제안했다. 나와 이우성 씨는 적극적으로 찬성했고 나머지 사람들도 반대하지 않았다. 그리고 벙커에서의 첫 번째 설거지 당번은 민희가 자처해서 맡았다. 민희가 설거지를 하는 동안 우리는 각자 흩어져 휴식을 취했다. 나는 왠지 이우성 씨와 가까워지고 싶어 그에게 가보기로 했다. 거실을 둘러보았지만 그는 보이지 않았다.

　'방에 들어가서 쉬고 있는 가보다.' 하고 나의 발걸음은 그의 방으로 향했다. 그의 방은 내 방의 건너편에 있었기 때문에 위치는 알고 있었다. 그러나 그는 방에도 없었다. 그래서 나는 '화장실에 갔겠지' 하고 그와 친해질 기회는 내일로 미루기로 했다. 그리고 나는 처음에 정신없이 들어와서 자세히 보지 못한 벙커의 구조를 눈에 익히려고 복도를 돌아다니기 시작했다.

　나는 우리가 들어온 문부터 시작했다. 다시 보니 문에서부터 거실까지의 통로는 꽤나 길었다. 그 길은 약간 내리막길 이었다. 나는 이 길을 '입구 통로'라고 부르기로 했다. 입구 통로를 내려오면 크고 동그란 거실이 있었다. 입구 통로의 반대편에 있는 문은 창고였다. 그 창고에는 잠금 장치가 없었기 때문에 누구나 들어갈 수 있었다. 그곳에는 사람이 살아가는 데에 필요한 웬만한 물건들이 모두 준비되어 있었다. 이런 것들을 어떻게 준비했나 싶을 정도로 말이다. 창고에서 나오니 왼편에 부엌이 보였다. 부엌과 거실은 경계가 뚜렷하지 않았다. 그리고 부엌의 맞은편에는 어쩌면 가장 중요한 공간인 식물을 재배하는 곳이 있었다. 이곳은 나는 '식물 재배실'이라고 부르기로 했다. 그곳에서 우리는 옥수수, 상추와 같은 채소와 과일들을 얻을 수 있었다. 식물 재배실에는 어머님이 계셨다. 식물 관리는 보통 어머님이 하시는 것 같았다. 어머님과 일대일 대면은 조금 어색했기 때문에 들어가지 않고 지나쳤다. 이제 남은 곳은 각자의 방으로 가는 복도였다. 창고 쪽에 있는 복도에 5개, 부엌 쪽의 복도에 5개의 방이 있었다. 그리고 각각의 복도 옆에는 함께 사용하는 화장실이 있었다. 나는 부엌 쪽 복도의 방을 배정 받았기 때문에 먼저 창고 쪽 복도로 가보기로 했다. 그 쪽에는 민희, 그녀의 어머니, 우아린, 최희준 그리고 노서하 씨의 방이 있었다. 우아린 씨의 방에서는 웃음소리가 나고 있었다. 그곳에는 우아린, 노서하, 김우리 세 명이서 수다를 떨며 놀고 있었다.

"안녕하세요, 준우 씨!"

그때 방의 안 쪽에 앉아 있던 우아린 씨가 나를 발견하고는 인사를 건넸다.

"네, 안녕하세요."

나는 당신들의 수다를 방해하지 않겠다는 듯이 가볍게 인사를 했다. 최희준 씨는 방에 있는지 보이지 않았다. 지금 살펴보니 모든 문에는 잠금 장치가 없었다. 잠깐 이상하다고 생각했지만 나는 '만들시간이 없었겠지.' 하고는 민희의 방으로 향했다. 마침 민희는 설거지를 마치고 방에 들어와 앉은 상태였다.

"설거지하느라 수고했어."

내가 그녀의 옆에 앉으며 말했다.

"고마워, 준우 씨."

그녀는 감사 표시를 하고는 옅은 미소를 띠며 내게 안겼다.

"민희야, 근데……."

"응?"

"음…… 아니야."

그녀에게 묻고 싶은 것이 많았지만 나는 참기로 했다. 누구보다 그녀를 믿는 나였기에 기다려보기로 했다. 하지만 내 마음이 혼란스럽고 심란한 것은 부정할 수 없었다. 민희의 말을 철썩 같이 믿고 있었진 않았기 때문이다. 대체 그 누가 갑자기 운석이 떨어진다고 하면 믿겠는가. 순간 나는 평소에 뉴스를 좀 챙겨 볼 걸 하는 생각이 들었다. 이러한 생각들로 인해 내 마음은 두 배로 불안해지는 것 같았다. 그때 그런 내 마음을 읽기라도 했는지 그녀가 내게 물었다.

"마음이 막 불안하고 그렇지? 괜찮아. 다 이해해."

"응……. 그래도 난 너 믿어."

"그래, 그러면 약속해. 무슨 일이 있어도 끝까지 나를 믿어주겠다고."

그녀가 새끼손가락을 내밀며 말했다.

"응, 약속할게."

나는 잠시 망설였지만 이내 웃으며 같이 새끼손가락을 걸었다. 그와 동시에 그녀의 입술이 나의 입술을 덮쳐왔다. 그날 밤 내 머릿속에서 그간의 걱정들과 의심들은 모두 사라져버렸다.

다음 날 아침, 모두들 잠자리가 바뀌어서인지 일찍 일어나있었다. 우리는 비교적 간단히 아침 식사를 마쳤다. 오늘 아침 최희준 씨는 아침을 먹지 않았다. 민희는 설거지를 하러 부엌으로 갔고 나는 어제부터 이야기를 나누고 싶었던 이우성 씨에게로 향했다.

"안녕하세요?"

"네, 안녕하세요."

이우성은 밝은 목소리로 대답했다. 다른 사람과는 다른 이런 밝은 모습에 나는 그와 대화를 나누고 싶어진 것이라고 나는 생각했다. 그와 이런저런 이야기들을 했고 5분쯤 지났을 무렵에 그가 나에게 물었다.

"민희 씨와는 어떻게 처음 만나셨어요?"

"소개팅에서 만났습니다."

그가 물어본 것은 조금 전까지 이야기하던 주제와는 동떨어진 질문이었기에 나는 조금 의아했다.

"아 그러시구나. 이쪽으로 오세요."

그가 자신의 방으로 들어오라고 하였다. 그는 나에게 무슨 할 말이 있는 듯 보였다.

"준우 씨는 민희 씨를 얼마나 믿습니까?"

그가 방의 문을 닫자마자 심각한 표정으로 이런 질문을 해서 나는 당황한 나머지 그를 빤히 쳐다보기만 했다. 내가 멍하니 있자 그는 이야기를 계속했다.

"아시다시피 저는 우연히 이곳에 들어오게 되었습니다. 어제 산에서 운동을 하고 있던 중 준우 씨의 애인 되는 분이 저를 다짜고짜 끌고 오다시피 했고요. 이 상황보다 여기서 민희 씨에게 들은 것은 더욱 황당했지요. 갑자기 운석이 떨어진다나 뭐라나. 저는 평소에 뉴스를 챙겨보는 편이어서 그런 소식을 모를 리 없거든요. 게다가 그런 소식을 사람들이 모르는 건 말이 안되죠."

나는 계속 멍하니 듣고 있었고 그는 물을 한 모금 마시고는 다시 입을 열었다.

"제가 처음에 이곳에서 이상하다고 느낀 것은 사람들이었습니다. 특히 최희준, 김단우, 김단아 이 세 사람들이요. 분명히 여기 온 이유는 살기 위해서인데 그들은 전혀 살 의지가 안 보였어요."

이것은 나도 처음에 느꼈던 것이었기에 공감의 의미로 고개를 끄덕였다.

"음……. 저는 그 사람들을 민희 씨가 일부러 불렀다고 생각합니다. 이유는 모르겠지만 그녀는 당신들을 나쁜 목적으로 이용하려고 부른 것 같고요."

"지금 무슨 소리를 하시는 겁니까!"

거기까지 들었을 때 나는 버럭 소리를 지르고 말았다. 그리고 화가 나 방을 뛰쳐나와 민희에게로 향했다. 그녀는 우아린 씨와 창고에서 물건 정리를 하고 있었다. 민희가 화난 내 얼굴을 보고는 걱정하는 눈으로 물었다.

"왜 그래, 누구랑 싸웠어?"

"아니 이우성 저 사람이 민희 씨를 자꾸 나쁜 사람이라고 해서 좀 화가 났어."

그러자 그녀는 놀란 표정으로 내게 물었다.

"그 사람이 나보고 뭐라고 해?"

"민희 씨가 우리를 나쁜 목적으로 여기에 부른 것 같대. 저렇게 생각하는 사람은 당장 내보내야 하지 않을까?"

나는 화가 좀 가라앉은 채 말했다.

"이곳을 알게 된 이상 그럴 순 없어. 내가 얘기를 해보든 어떻게 해볼게. 준우 씨는 물 좀 마시고 방에서 쉬어."

부엌에서 물을 챙겨 부엌 쪽 복도 가장 끝에 있는 내 방으로 가던 길에 김단우 씨의 방에서 목소리가 들렸다. 대화의 상대는 이우성 같았다. 그와는 마주치기 싫어 곧장 내 방으로 들어가 침대에 누웠다. 아까 이우성한테 들은 말을 곱씹어 보았다. 그는 민희가 나쁜 목적으로 우리를 이곳에 데려왔다고 했다. 나도 처음엔 이 상황이 이해가 가지 않았기에 그도 그럴 것이라 생각하여 그의 말을 계속 들어주었지만, 민희가 꾸민 일이라는 것은 말이 되지 않았다. 지금 생각해보니 어쩌면 객관적으로 보았을 때 그렇게 생각할 수도 있는 것이라고 생각이 들었지만 그는 그녀를 본 지 이틀 밖에 되지 않았다. 그녀는 그럴 사람이 아니라는 것을 나는 누구보다 잘 알고 있었다. 그녀가 이런 귀찮은 일을 벌일 이유가 없기 때문이기도 했다. 이런 생각들을 하다 나도 모르게 잠이 들었다.

눈을 뜨니 저녁이었다. 거실에서는 저녁 식사를 준비하고 있는 것 같았다. 나는 점심도 못 먹어서 배가 고픈 상태였기 때문에 바로 저녁을 먹으러 갔다. 거실에 나가보니 우아린과 노서하가 식사 준비를 하고 있었고 그 옆에는 의외의 장면이 보였다. 민희와 이우성이 이야기를 나누고 있었던 것이다. 이우성은 나를 발견하자 사과를 했다.

"아까는 죄송했습니다."

민희와는 이야기가 된 것 같았다. 내가 민희를 쳐다보자 그녀는 미소를 띠며 고개를 끄덕였다.

"예, 저도 아까 화낸 것 죄송합니다."

그가 사과할 때 민희의 눈치를 보는 것 같았지만 나는 그냥 넘어가기로 했다. 그렇게 우리는 화해를 했고 같이 저녁을 먹었다. 노서하, 김우리도 같이 앉았고 김단우, 김단아 남매는 구석에서 조용히 식사를 했다. 우리는 이틀밖에 되지 않았지만 조금은 친해지게 된 것 같아 다행이라고 생각했다.

이 우 성

몇 시간 전까지만 해도 산에서 운동을 하고 있었던 나는 어쩌다보니 이런 곳에 오게 되었다. 이곳은 이상한 것이 한두 가지가 아니다. 일단 나는 운석이 떨어진다는 민희 씨의 말을 믿지 않았다. 그래서 나는 그녀가 무언가를 우리에게 숨기고 있다고 생각했고 그것을 혼자 찾아보기로 했다. 나는 빨리 나가고 싶었기에 바로 행동에 들어갔다. 먼저 조금 전 저녁을 먹고 그녀가 설거지를 하는 동안 그녀의 방에 몰래 들어갔다. 언뜻 보기에는 다른 방들과 다를 것이 없었다. 하지만 나는 그 방의 숨겨진 문을 찾아냈다. 침대 뒤의 버튼을 누르면 문이 나오는 형식이었다. 하지만 그 문을 열기 위해서는 비밀번호가 필요했고, 나는 거기서 막혔다. 오늘은 여기까지만 해야겠다고 생각하고는 방으로 돌아와 침대에 누웠다. 나는 그녀가 무슨 일을 꾸민

다면 분명히 그녀의 사람이 10명 중 있을 것이라 생각했다. 일단 그녀의 어머니인 조복희는 당연히 그 편 이라고 생각했고, 나머지 사람들을 내일부터 찾아야겠다고 결심했다.

잠자리가 바뀌면 잠을 잘 못 잤던 나는 다음 날 아침 일찍 일어났다. 아침 식사가 끝나니 배준우 씨가 나를 찾아왔다. 마침 나의 민희 씨에 대한 생각을 귀띔해 주어야겠다고 생각하고 있었기 때문에 그를 바로 내 방으로 불렀다. 그는 처음에는 내 이야기를 듣는 듯했지만 이내 화를 내며 나갔다. 어느 정도 예상은 했지만 말을 끝까지 듣지도 않고 뛰쳐나갈 줄은 몰랐기 때문에 조금은 당황했다.

배준우 씨를 설득하는 것은 나중으로 미루기로 하고 나는 이민희의 사람들도 찾을 겸 건너편 방을 사용하는 김단우, 김단아 남매를 찾아갔다. 그들은 첫인상처럼 조용히 방에 있었다. 나는 그들에게 어떻게 어기 오게 됐는지 물었다. 그러자 그들은 이민희가 그들을 이곳으로 불렀다고 했다. 내 예상대로였다. 이민희는 삶에 의욕이 없는 사람들을 일부러 이곳으로 모았다고 나는 확신했다. 건너편 복도에 있는 최희준이라는 사람도 말수가 굉장히 적고 항상 의기소침해 있었기 때문이다. 나는 그들에게 내가 이때까지 생각했던 것들을 전했다.

"나는 이민희가 나쁜 목적으로 당신들을 불렀다고 생각해요. 당신들을 부를 때 이야기했던 운석 이야기도 전부 거짓말이고요, 그 사람은 우리를 이용할거에요."

그들의 반응은 배준우 씨와는 정반대였다.

"그러면 우리는 어떻게 해야 되지?"

"이 벙커를 탈출해야 하지 않을까?"

그들은 내 말을 쉽게 받아들이는 듯했다. 이들이 내가 생각하던 이민희가 심어놓은 사람일 가능성도 생각해 봤지만 그들의 표정과 말로 보아 그럴 가능성은 거의 없다고 판단했다. 나는 그들에게 모든 것을 얘기하기로 했다. 우연히 벙커에 들어오게 된 것, 배준우 씨가 이야기를 듣고 화를 낸 것, 이민희의 방의 비밀 문까지 전부. 이야기를 귀 기울여 듣던 그들은 자신들의 이야기도 꺼냈다.

"우리는 사실 죽으려고 했어요."

김단우 씨가 말했다.

"몇 년 전 아빠가 도망간 후에 엄마는 우울증을 앓다가 극단적인 선택을 하셨어요. 그 당시 막 고등학교를 졸업했던 저희에게는 말할 수 없는 정신적 고통이 밀려왔어요. 여동생은 수차례 자해를 시도했고 저는 술에 빠져 살았죠. 몇 년간 폐인처럼 살다가 우리는 같이 죽자고 결심을 했어요. 하지만 죽는 것이 그리 쉽지는 않더라고요. 그렇게 몇 달 동안 죽지도 살지도 못한 채로 살다가 다시 살아가야겠다는 마음을 조금은 먹었을 때 한 사람에게 연락이 왔어요."

"그 사람이 이민희군요."

"네, 그 사람은 다짜고짜 전화를 해서는 같이 벙커에 들어가자고 했어요. 그리고 어쩌다보니 지금 여기까지 와있네요."

나는 그들의 이야기를 듣고 그들을 진심으로 위로했다. 그리고 꼭 같이 이곳을 탈출하자고 얘기했다. 그들도 긍정적인 입장인 것 같았다.

나는 방으로 돌아가 상황을 정리했다. 일단 김단우와 김단아는 이민희의 편이 아닌 것 같았다. 그리고 나의 편으로 만들기까지 했으니 큰 수확이었다. 배준우 씨는 나에게 화낸 뒤로 이민희에게 가는 것 같았다. 그 사람에게 내 얘기를 했을까 조금은 걱정이 되었다. 아니나 다를까 저녁 시간이 다 돼가자 그 사람이 나를 불렀다.

"잠깐 얘기 좀 해요."

거실로 가니 우아린 씨가 저녁 준비를 하고 있었다. 그녀가 조금 신경이 쓰였지만 이민희는 이야기를 시작했다. 우려와 다르게 이야기는 생각보다 간단히 끝났다. 나는 실수였다고 말했고 그녀는 다음부터 그러지 말라고 얘기했다. 그리고 배준우 씨한테 사과도 하라고 했다. 그렇게 이야기는 끝이 났고 배준우 씨가 오자 나는 사과를 했다. 그도 받아들였고 우리는 화해를 했다. 저녁을 먹는 동안 나는 다른 사람들을 살폈다. 그중 우아린과 노서하는 비교적 밝은 모습이었기에 그들은 이민희의 사람이라고 추측해 볼 수 있었다. 하지만 예민해진 내가 잘못된 판단을 할 수도 있었기 때문에 확신하지는 않기로 했다.

저녁을 먹고 난 후 나는 다시 이민희의 방에 가보고 싶었지만 그럴 수 없었다. 오늘은 그녀가 피곤하다며 바로 방으로 들어갔기 때문이다. 나도 배준우 씨도 모두 각자의 방으로 바로 돌아갔다. 그렇게 벙커에서의 두 번째 날은 끝났다.

이 민 희

다들 피곤하다며 각자 방에 들어가서 잠에 들었지만 나는 낮잠을 많이 잤기 때문에 잠이 오지 않았다. 애써 잠에 들려고 노력해 보았지만 소용이 없었다. 시계를 보니 어느새 새벽 2시였다. 나는 자는 것을 포기하고 거실로 나가보기로 하였다. 그런데 문을 열려는 순간 밖에서 발소리가 들렸다. 문틈으로 살짝 보니 어두워서 자세히는 보이지 않았지만 실루엣이 민희 같았다. 그녀는 이우성의 방 문 앞에 서 있었다. 그녀는 한참을 서 있다가 다시 거실 쪽으로 걸어갔다. 그녀가 이우성 씨의 방에 들어갔는지, 이야기를 했는지는 알 수 없었다. 조금 뒤 나는 그녀가 간 방향으로 조용히 가 보았다. 그리고 그녀의 방문틈에서 불빛이 새어나오는 것을 발견했다. 그녀도 잠이 오지 않는가보다 하고 방문을 열었을 때 나는 너무 놀라 주저앉아 버렸다. 그녀의 방 안에는 처음 보는 문이 있었고 그 문 안은 이상한 용도를 알 수 없는 물건들이 보였다. 숨겨진 방 깊숙한 곳에서 걸어 나오는 소리와 함께 민희의 목소리가 들렸다.

"누구야?"

그와 동시에 나는 냅다 뛰어 내 방으로 들어왔다. 내 발소리가 들렸겠지만 내 방과 이우성의 방은 가깝기 때문에 민희는 이우성 이었다고 생각할 것이다. 나는 얼른 침대에 누워 눈을 감았다. 하지만 이쪽으로 다가오는 발소리가 느껴졌다. 민희의 발소리는 내 방 쪽으로 점점 가까워졌다. 벌컥. 내 방의 문이 열리고 그녀가 들어왔다. 그녀는 내게로 천천히 걸어왔다.

"준우 씨."

그녀가 내 귀 가까이에 대고 속삭였다.

"아니지?"

심장이 터질 것만 같았지만 나는 끝내 움직이지 않았다. 그러자 민희는 다시 문을 닫고 나갔다. 온몸에 긴장이 풀리자 그 순간 이우성의 말이 생각났다.

'준우 씨는 민희 씨를 얼마나 믿습니까?'

이우성은 뭔가 아는 것이 있는 걸까.

민희는 무엇을 숨기고 있는 걸까.

그 방의 정체는 무엇일까.

문에 잠금장치가 없는 것도 의도한 것일까.

내 머릿속은 너무 복잡해 터질 것만 같았다. 결국 한숨도 못 자고 아침을 맞이하게 되었다. 나는 이우성에게 물어볼 것이 많아 그의 방으로 향했다. 그는 아직 누워 있었다. 이제 곧 아침을 먹을 시간이었기 때문에 그를 깨우기로 했다.

"이우성 씨!"

나는 그를 흔들며 불렀다. 하지만 그는 일어나지 않았다. 나는 무언가 잘못 되었다는 것을 깨닫고 다른 사람들을 불렀다. 그의 몸에는 아무 상처도 없었지만 차가웠고, 딱딱했다. 그는 죽었다. 이우성의 갑작스러운 죽음에 벙커 안의 분위기는 차가워졌다. 사람들은 불안한 기색이 역력했다. 다들 제대로 밥을 먹지 않았고 그저 각자 방에서만 시간을 보냈다. 민희는 시신을 이우성의 방에다가 놔두자고 하였고 나도 동의했다. 그리고 민희는 혼자 방으로 들어가 버렸다.

나는 방으로 돌아와 놀란 마음을 진정시켰다. 그리고 생각했다.

어젯밤 나는 이우성의 방 앞에 있었던 민희를 보았다. 그리고 이우성이 죽었다. 민희가 이우성을 죽였다는 것이 객관적으로 보았을 때 합리적인 상황이라는 것까지 나는 이해했다. 그렇다면 왜 죽였을까.

이우성이 무언가를 알아서?

이우성이 무언가를 잘못해서?

그렇다고 민희가 사람을 죽여?

전혀 납득이 가지 않았다. 하지만 어젯밤 민희의 방에서 숨겨진 방을 보았기 때문에 더 이상 그녀를 신뢰할 수 없다는 것을 나 자신이 가장 잘 알고 있었다. 혹시 나는 이때까지도 마음속에서는 민희를 신뢰하지 않았던 것일지도 모른다. 민희가 사람을 죽일 수 있는 사람이라는 사실도 나를 충격에 빠뜨렸다. 그러다 문득 어제 이우성과 김단우, 김단아 남매가 방에서 이야기를 나누고 있었던 것이 생각났다. 그래서 그들을 찾아가 보기로 했다.

열 쇠

내가 김단우와 김단아를 찾아갔을 때 그들은 최희준과 대화를 나누고 있었다. 나는 그와 한 번도 대화를 해 본 적이 없었고 그가 말하는 것도 제대로 본 적이 없었기 때문에 조금 놀랐다.

"와서 앉아 보세요. 당신도 들어야 하는 이야기에요."

남매 중 오빠가 말했다.

"이우성 씨가 죽기 전날 저에게 전한 이야기가 있어요."

최희준이 말했다.

"이우성 씨는 '이민희를 절대 믿지 마라. 우리를 제외한 다른 사람들도 그녀의 사람일 수 있다. 내 방에 숨겨둔 쪽지가 있다.' 라고 말했어요. 이 이야기를 당신들에게 전하라고 했고요. 특히 배준우 당신에게요."

　나는 이우성이 이틀 만에 최희준과 이 정도의 관계를 만들었다는 것에 놀랐다. 그러나 그것도 잠시, 나는 세 사람을 데리고 곧장 이우성의 방으로 향했다. 문을 열자마자 눈살이 찌푸려지는 악취가 우리를 맞이했다. 이곳이 지하고, 조금 습해서 더욱 그런 것 같았다. 우리는 코를 막고 방 수색을 시작했다. 그가 숨겼다는 쪽지는 생각보다 쉽게 찾을 수 있었다. 방이 넓지도 않았고 숨길 곳도 마땅치 않았기 때문이다. 그의 쪽지는 침대 시트의 끝 부분 안에 있었다. 나는 바로 쪽지를 펼쳐보았다.

　'이 쪽지를 보고 있다면 나는 이미 죽었다는 의미겠지요. 살아서 이 말을 전하고 같이 탈출할 수 있다면 좋겠지만 당신들만이라도 탈출을 하세요. 제가 죽었다면 범인은 이민희입니다. 그 사람은 사람을 죽일 수 있습니다. 그 사람은 이곳에서 사이비 종교를 만듭니다. 당신들을 포섭하기 위한 벙커입니다. 그 사람의 방에서 여러 문서들을 보았습니다. 당신들…… 세뇌당할. 그 사람…… 사람들 많다. 찾았다 열쇠…… 방에서 봉투에.'

　뒤로 갈수록 글씨를 알아보기 힘들 정도로 날려 쓰면서 제대로 된 글이 아닌 것을 보아 긴박한 상황에서 쓴 글인 것 같았다. 아마도 민희가 그 방에 찾아가기 직전이었을 것이다. 그리고 그의 말대로 봉투 안에는 열쇠가 있었다. 우리(나, 김단우, 김단아, 최희준)는 오늘 밤에 당장 탈출을 하기로 결심하고는 시간과 장소까지 정했다.

　우리는 아무런 티도 내지 않고 저녁 식사까지 마쳤다. 우아린 씨가 다 같이 모여서 놀자고 나를 자신의 방으로 불렀지만 오늘은 내가 피곤하다고 하고는 방으로 들어왔다. 그 쪽지를 본 이상 우리 네 명을 제외하고는 아무도 믿을 수 없었기 때문이었다.

탈 출

오늘은 당연히 잠이 오지 않았다. 마침내 약속한 시간까지 2분. 마지막으로 주머니 속 열쇠를 확인한다. 그때 문을 열고 김단아 씨가 들어온다.

"방금 오빠 방에 가니까 이런 것만 있고 오빠가 없어요!"

그녀는 울먹이며 작은 목소리로 말했다.

'우리는 틀렸다. 시간을 끌겠다.'

무슨 일이 일어난 것이 틀림없었다. 김단우와 최희준이 위험에 빠졌다면 구하러 가야 한다. 하지만 이렇게까지 써놓은 걸 보면 이미 그럴 상황이 아닐 가능성이 높다. 만약 구하러 가서 모든 것을 헛수고로 만든다면? 그럴 수는 없다. 민희가 사람을 죽일 수 있는 사람이라는 것을 알게 된 이상 그럴 수는 없었다. 여기까지 생각이 미침과 동시에 나는 단아 씨를 잡고 벙커의 출구로 향했다. 그녀도 처음엔 저항했지만 편지의 뜻을 알고 있었기에 소리가 나지 않게 입을 막고 울며 따라왔다. 한치 앞도 보이지 않는 어둠 속에서는 거실에서 문까지의 오르막길이 더욱 길게 느껴졌다. 온몸에서 식은땀이 나기 시작했다. 문에 도착하자 나는 열쇠를 그녀에게 맡겼다. 망을 보고 만약 누가 오면 몸으로라도 막기 위해서였다. 어둠 속에서 열쇠 구멍을 찾는 것은 생각보다 쉽지 않았다. 아까 이것을 왜 미리 외워두지 않았을까 하는 생각이 들었다. 마음 같아서는 챙겨온 손전등을 켜서 구멍을 찾고 싶지만, 그랬다가는 불빛이 새어나가 발각될 수도 있다. 아니, 이미 우리의 탈출 계획은 들켰을 수도 있다. 김단우 씨와 최희준 씨가 잡힌 것 같기 때문이다.

"생각보다 열쇠 구멍 찾기가 어려워요. 이러다 그 사람이 쫓아오면 어쩌죠?"

단아 씨가 울먹이는 목소리로 내게 말했다. 한손은 구멍을 찾는 데에 열중하고, 다른 한 손은 내게 의지한 채로 말이다.

"괜찮을 겁니다. 아니, 괜찮습니다."

나는 떨리는 목소리를 억제하며 대답했다.

"그렇게 말씀해 주시니 한결 괜찮아……"

쿵 쿵 쿵

괜찮아질 것 같다는 대답을 다 듣지 못했을 때 우리의 뒤에서 발소리가 들리기 시작했다. 이 발소리가 의미하는 것은 나와 이 사람 모두 말하지 않아도 알고 있었다.

'그 사람이 오고 있다.'

나는 경계 태세를 갖추었다. 발소리가 점점 가까워지고 있었다. 철컥. 그 순간 열쇠가 구멍에 들어가는 소리가 들렸다. 순간 차가운 밤공기가 우리의 뺨을 스치고 지나갔다. 단아 씨는 문을 열었고 우리는 전력질주를 시작했다.

최 희 준

다른 남자친구를 사귀면서 연락이 뜸해졌던 민희에게 얼마 전 갑자기 전화가 왔다. 우리는 오래 전 헤어진 뒤에도 친구로 지내는 사이였기 때문에 그렇게 이상한 건 아니었다.

"여보세요?"

"어 희준아, 오랜만이지?"

간단한 안부 인사를 나누고 그녀는 바로 본론으로 들어갔다.

그녀는 자신, 우아린, 노서하, 김우리 이렇게 넷이서 무언가를 하려고 한다 했다. 그리고는 그 일에 나의 도움이 필요하다는 것이었다. 나는 그것이 무엇인지 재차 물었지만 그녀는 알려주지 않았다. 하지만 이전에 그녀가 나의 부탁을 들어준 적이 있었기 때문에, 그리고 미안한 마음과 좋아했던 마음이 조금은 남아 있었기에 부탁을 들어주기로 했다. 그러나 이렇게 규모가 큰일인 줄은 상상도 못했다. 심지어 다른 사람들을 속이며 의기소침한 연기까지 해야 한다는 것에 나는 의아했다. 그렇게 벙커 안에서 조금은 의심을 하며 조용히 지내던 그때 이우성이라는 사람이 나를 찾아왔다.

"안녕하세요, 최희준 씨?"

나는 여전히 작은 목소리로 연기했고 그는 나를 의심하지 않는 것 같았다. 그는 자신이 이때까지 알아낸 것을 내게 얘기했다. 그가 이민희 그리고, 우아린, 노서하까지 의심하고 있다는 것에 놀라지 않을 수 없었다. 그는 대단한 추리력과 행동력을 가지고 있었다. 그리고 그가 사이비 종교 얘기를 꺼냈다. 그의 얘기는 충분히 설득력이 있었고 민희가 그런 의도를 가지고 있다면 나는 더 이상 그녀를 도울 필요가 없었다. 나도 그에게 나의 얘기를 했고 같이 탈출하자고 하였다. 그는 그날 밤 열쇠를 훔치러 가겠다고 했다. 그 말을 하면서 그는 최악의 경우도 생각하고 있다고 했다. 나는 오늘이 되기 전까지 그가 말한 최악의 경우가 무엇인지 알지 못했다. 결국 그는 죽었다. 그는 이런 상황이 닥쳤을 때도 어떻게 할지 알려주었었고, 나는 그대로 행했다. 배준우 씨에게 이야기를 전했고, 쪽지와 열쇠도 찾았다. 그리고 이우성이 알려준 마지막 단계. 우리는 이 상황이 오지 않기를 바랐지만 결국 오고 말았다. 이우성 씨가 나에게 사실을 전한 것을 들켜 나를 잡으러 온 경우다. 그런데 예상보다 상황이 더 심각해졌다. 나야 어떻게든 얘기해서 살 수 있었겠지만 김단우 씨까지 데리러 온 것이다. 민희가 나를 데리고 김단우 씨 방까지 갔을 때 나는 혹시 몰라 준비한 쪽지를 떨어뜨려 놓았다. 우리는 어떻게든 변명을 하며 시간을 끌 것이다. 그들이 쪽지를 알아듣고 행동해 주기를 바랄 뿐이었다. 그런데 민희가 우리를 우아린의 방에다 데려다 놓은 뒤 다시 반대편 복도 쪽으로 가는 것이었다. 우리는 끝까지 막아보려 했지만 그녀는 이미 가고 없었다. 지금쯤엔 그들이 막 나왔을 시간이었기 때문에 나는 실패하리라고 생각했다. 하지만 10분이 지나도 아무도 끌려오거나 잡혀오지 않았다. 우리는 잡혀 있지만 계획이 반은 성공했다는 것이 다행이었다. 그들이 무사히 나갔다면 우리를 구해 줄 것이다.

에 필 로 그

얼마나 달렸을까, 산을 어느 정도 내려오니 불빛이 보이기 시작했
다. 그제야 우리는 뒤를 돌아보았다. 민희는 더 이상 쫓아오지 않았
다. 단아 씨는 눈물을 흘렸다. 기쁨의 눈물인지 슬픔의 눈물인지는
알 수 없었다. 아마 둘 다일 것이다. 벙커에서 탈출했지만 아직 우리
가 할 일은 아직 남아 있다. 말하지 않아도 우리는 무엇을 해야 하는
지 알 수 있었다. 아직 사람들이 안에 있고, 무슨 일을 당할지 모른
다. 우리는 숨을 한번 고른 뒤 전화기를 가지고 있는 사람을 찾아서
다시 뛰기 시작했다.

후기

이 이야기는 최근 이슈가 되고 있는 사이비 종교들은 어떻게 시작되었을까 라는 질문에서 시작되었습니다. 그리고 그 심각성을 알리고 싶었습니다. 만약 이우성이라는 사람이 없었다면 다른 사람들은 이민희에게 포교되었을 것입니다. 포교되고 난 이후에는 원래 운석에 관한 이야기가 거짓인지 아닌지는 상관하지 않은 채 신도를 늘려가는 데에 집중했을 수도 있습니다. 이야기 전개를 위해 극단적인 상황을 설정했지만 저는 이와 비슷한 수법으로 여러 사이비 종교들이 시작된다고 생각했습니다. 왜냐하면 적은 인원으로는 신도들을 늘려갈 수 없기 때문입니다.

저는 어릴 때부터 책 읽는 것을 좋아했고, 언젠가 글을 써 보고 싶다는 생각을 했습니다. 하지만 그럴 기회도 없었고 그냥 글을 쓰려니 막막했습니다. 이번 동아리 활동을 통해 조금이나마 글을 쓰는 것을 시작할 수 있게 되어서 정말 기쁩니다. 이번 계기로 사회문제에 좀 더 관심을 갖고 그 문제를 녹여낼 수 있는 좋은 글을 쓰려고 노력할 것입니다. 부족한 글 읽어주셔서 감사합니다.

다시 쓰는 시계

부제 : Время не ждёт

임유진

나는 선인가, 악인가.

보이지 않는 시계는 이 질문에서부터 시작되었다. B씨의 선함, XX원 기부. 범죄자 A씨의 추악함은 어디까지일까. 하루에도 수십 개의 뉴스가 선과 악을 조명한다. 하나 보도되는 사건 외에도 우리 주변은 선과 악에 둘러싸여 있다.

오늘 사회를 위해 헌신을 하였다면 그것은 선인가? 그 모든 헌신들이 보여주기 식이라면 그것은 악인가? 아무도 당신의 헌신을 모른다하여도 몸과 마음을 바쳐 봉사할 수 있을까. 대상의 성질이 어떠하든 그에 관계없이, 누군가는 거짓일지언정 좋은 이미지를 구축해 선이 되고, 누군가는 거짓 소문에 휩쓸려 악이 된다. 어째서 우리는 악착같이 선이 되고자 할까.

출신으로 악이라 취급되는 삶, 방구석에서 몇 번의 타자만으로 사람을 죽이는 이들. 마지막 죽음까지. 이들은 선이 되기를 포기 한 것일까, 될 수 없었던 것일까.

당신이 직접 도윤이 되어보기를 바란다.

유전무죄 무전유죄

권 도 윤. 얼굴 한 번 본 적 없는 부모가 갓난아기를 보육원에 버리고 갔을 때 적혀져 있었다는 이름 석 자. 가족 아니 타인의 작명으로 나의 이름은 정해졌다. 보육원, 사전적 정의로는 −부모나 보호자가 없는 아이들을 받아들여 기르고 가르치는 곳. 결국 정부 지원금을 받고 버림받은 아이들을 '대신' 기르는 시설. 가족 구성원에 해당되어 본 적이 없던 나였지만, 단언컨대 말하기를. 보육원에 맡겨진 나는 불행했다. 고아라는 삶을 자의적으로 선택한 것이 아님에도 부모 없는 아이란 꼬리표는 지옥 끝까지 나를 따라왔다. 할 줄 아는 것이라곤, 울기밖에 없던 영아를 버린 부모에게도 이유가 있었을까? 보육원의 원장, 교사들은 결국 타인이었기에 나는 어린 나이에 자립을 시작해야 했다. 양보와 배려라는 미덕은 생존에 필수적인 요소가 아니었기에 배우지 못하였으며, 보육원은 살아남기 위해 발버둥치는 사회의 축소판이었다. 그 사회에서 나는 다른 아이들에게 가지고 놀기 좋은 장난감이었다. 다른 말로 하자면, 패자였다. 사회에는 보이지 않는 피라미드가 존재하고 이는 어디에서든 통용된다. 우리는 법이 가장 우위에 있다 배우지만 법 역시 돈과 권력의 하위에 불과하다. 돈과 권력은 법 위에 있으며 대부분의 이들은 이러한 권력에서 파생되는 일을 가진다. 하나 이 둘 중에도 해당되지 않는 이가 있다. 그들이 바로 이 피라미드의 최하위권. 그리고 나다. 학교를 간 첫 날 교문 앞을 통과하던 그에게 수군거리던 사람들을 도윤은 아직도 잊지 못했다.

"쟤래, 쟤. 왜 이번에 우리 학교 입학한 고아."

"뭐어……? 고아랑 같은 학교라니 질 떨어지게."

"그러게. 우리 애들 나쁜 물들면 어쩌나? 저런 애는 양심도 없을 텐데."

지금 생각해 보면 참 웃기다. 어른들은 아이들에게 배려, 사랑, 존중 등을 강조하면서 저들은 출신 따위로 처음 보는 꼬맹이에 대해 떠들었으니까.

어른들의 말은 아이들의 사고에도 영향을 미쳤다. 무얼 듣고 왔는지 아이들은 그에게 더럽다, 불쾌하다, 가까이 지내기 싫다는 반응을 보였다. 잘못된 사고방식은 근거 없는 의심을 도윤에 한정하여 합당한 추리로 바꾸었다. 의기소침한 성격과 아이들의 따돌림은 그를 점점 더 고립시켜갔다. 다행인지, 불행인지 도윤의 담임 선생님은 딱히 나쁘지 않았다. 도윤에게는 처음 본 좋은 어른에 가까웠다. 그에게 담임 선생님은 마지막 동아줄이었다. 그녀가 저에게 특별대우를 해 주진 않았지만, 자신을 차별하지 않았다. 오히려 꽤나 다정했다. 다른 과목 선생님들도 우리 선생님을 보면 항상 칭찬하셨다. 어떻게 저런 고아를 잘 대해 주냐고. ―소곤댄다고 하신 거겠지만, 다 들렸다. 하여튼 도윤은 선생님이라는 마지막 세상과의 끈을 가지고 있었다. 평소와 마찬가지로, 빈 책상을 바라보고 있던 도윤은 쑥덕대는 소리에 고개를 살폿 들었다. 도윤을 티 나게 싫어하던 아이들뿐만 아니라, 무시하던 아이들까지 도윤을 바라보고 있었다. 갑작스러운 관심(결코 호의적이지 않은), 시선들에 어리둥절하기도 잠시. 선생님의 부름에 도윤은 교무실로 향했다. 교무실에 들어서자마자 선생님은 도윤에게 차가운 목소리로 일갈했다.

"권도윤, 너 선생님한테 할 말 없어?"

"…… 네?"

당황한 도윤은 선생님을 보며 되물었다. 언제나 웃진 않아도 그를 경멸하진 않았던 선생님이었기에, 그는 갑작스런 선생님의 추궁에도 자신의 행동을 되짚어 보았다. 답을 찾지 못하고 고민하던 와중 선생님의 긴 한숨소리가 들려왔다.

"후, 역시 저런 애는 맡는 게 아니었는데."

'저런 애', 설명은 없었지만 도윤은 알 수 있었다. -아, 선생님도 똑같았구나. 보호자 하나 없는 고아는 누구에게나 저런 애였구나. 도윤은 선생님의 뒷말을 예상할 수 있었다. 아마, 좋은 이야기는 아닐 것이라고. 비참하게도 예상은 빗겨나가지 않았다.

"네가 반장 돈 훔쳤지?"

선생님의 말을 들은 후에 두려움 보단 웃음이 났다. 믿었던 선생님께 대한 배신감이었을까, 아니면 '나의 편'이 있다는 바보 같은 생각이 스스로 웃겼던 것일까. 알 수는 없었지만 하나는 확실했다. 그때 그가 느낀 감정이 비참함이었다는 것. 말없이 혼자 웃는 도윤을 보던 선생님은 눈을 부라리며 말을 이었다.

"아무리 돈이 없어도 그렇지, 어떻게 친구 돈을 훔치니? 설마, 아니라고 할 건 아니지? 애들도 다 너일 거라 하고, 너보다 가난- 큼. 하여튼 이런 짓 할 사람이 너 밖에 더 있니?"

도윤은 변명하지 않았다. 교무실 한 쪽에 걸려있는 멈춘 시계만 멍하니 바라볼 뿐. 한참을 도윤을 붙잡고 화를 쏟아내던 선생님은 짧게 혀를 차고선 그를 반으로 돌려보냈다. 반에 가자 또 한 번 그에게 따가운 시선이 쏟아졌다. 말은 하지 않았지만, 모두가 교실에서 돈을 훔친 이는 도윤임을 확신 했다.

그는 피라미드 최하위권 이었으니.

그 후 반장의 사물함에서 돈이 발견되었지만 누구도 사과하지 않았다. 그 모습을 본 도윤 역시 화내지 않았다. 그저 조용히 목표를 정할 뿐. 그의 목표는 단 한 가지였다. 유전무죄 무전유죄에서 벗어나는 것.

시계에 대하여

어느덧 시간이 흘러 도윤이 고등학생이 되었을 무렵 도윤은 인간의 시계에 대해 배웠다. 고등학생이 배우는 필수 교과과정 중 하나인 과목 '시계'는 세계의 진리였다. 우리로 따지면 지구는 둥글다를 구체적으로 풀이하는 느낌이랄까. 아이들이 지루하다며 싫어하는 것과 달리 도윤은 이 과목을 꽤나 좋아하였다. 모든 일에 무료하던 도윤이 재미를 느낀 몇 안 되는 시간이었다. 시계는 앞서 말한 듯 세계의 진리였다. 그중 몇 가지를 꼽아보자면 이러했다.

태초의 세계가 만들어지기 전, 신을 보필하던 '생물'이 있었다. 신은 언제나 자신을 보필해 주는 생물에게 소원을 하나 들어주기로 한다. 생물은 신과 달리 반복되는 일상에 지루함을 느끼고 신에게 자신의 마음을 토로한다. 생물의 지루함을 달래주고 싶었던 신은 생물을 위한 공간을 만들고 이것의 명칭을 '세계'라고 지었다. 곧 신은 생물과 비슷한 13개의 모형을 만들고 이들을 깨워 '인간'이라 이름 지었다. 태초의 인간들은 생물과 함께 '세계'를 꾸려가기 시작했다. 태초의 인간은 신에 의해 창조되었기에, 삶과 죽음이 없었으며 '생물'과 함께 영원을 살기 시작했다. 억겁의 시간에, 인간은 곧 신에게 빌기 시작하니 저희에게 삶을 주신 것은 참으로 감사하나, 이제 그만 삶을 마무리하고 싶습니다.

간절한 읍소와 더불어 생물의 부탁에 신이 자비를 베풀어 인간에게 삶을 끝낼 죽음을 선물하였다. 하지만 12명의 인간과는 달리 한 인간은 죽음을 원하지 않았다. 자손을 남기고, 죽음을 맞이한 12명의 인간은 1~12까지의 시간이 되었다. 하나 이와 달리 홀로 죽음을 거부한 인간은 '신'의 자리를 탐했다. 세계의 창조. 그것은 한 인간의 분에 넘치는 욕망이었다. 이 사실을 알게 된 신은 깊이 분노하고 인간을 어떤 방에 집어넣는다. 방에서 그는 자신의 죄악을 끊임없이 뉘우쳐야 했으며 무저갱 속에서 정신을 잃어갔다. 화가 난 신이 인간의 자손을 모두 죽이려 하였으나, 이 역시 '생물'이 만류하였다. 생물이 이들의 목숨 대신 자신의 목숨을 내어놓아 신의 분노는 풀리었다. 사라지기 직전 마지막으로 '생물'은 인간을 축복했다.

인간의 자손은 모두 내가 만든 시계 그리고 태초의 인간으로 이루어진 시간을 지니며 살아간다. 인간은 시계를 볼 수 없으며 죽기 직전 시계를 인지한다. 시계를 인지 한 인간은 죽음에 이르며, 죽음에 이르는 과정에서도 시계를 발견하지 못하는 인간에겐 3일의 유예기간이 주어진다. 마지막으로 주어진 3일은 예외적으로 시계를 볼 수 있을 것이다. 그대에게 3일의 시간을 선사할 것이다. 인간들이여, 그대는 나의 친구였다. 이름 없는 나는 사라지지만 나의 영혼은 나뉘어 그대들의 몸 속 어딘가에 시계로 자리 잡을 것이다. '생물'로서 약속한다. 추가의 시간을 가진 이는, 마지막 3일 동안 누구보다 행복할 것을.

이것은 세계의 기반이 되었고, 우리는 시계 속에 살고 있다.

그러나 나와 함께 이를 해독한 고고학자들은 몇 가지 의문점을 해결하지 못했다.

의문점은 각기 이러하다.

첫째, 저 방은 무엇이기에 조사한 이들이 모두 끔찍한 최후를 맞이하였는가.

둘째, '신'과 '생물'의 관계는 무엇인가.

셋째, '생물'은 왜 인간을 대신하여 죽었는가.

마지막 넷째, 진리 속 중심이었던 생물의 마지막은 왜 아무도 알지 못하는가.

도윤은 '시계' 수업을 들을 때마다 내용들이 어딘가 눈에 익었지만 마지막 의문을 배울 때 유독 심했다. 내용의 이해를 넘어, 어째서인지 눈물이 흐르던 도윤은 곧 고개를 저었다.

누가 누굴 가엾게 여겨. 내 앞가림이나 잘하자.

자신의 뺨을 가볍게 치며 도윤은 혼자 되뇌었다.

Brief

　암흑만으로 가득하다고 생각했던 도윤의 인생에도 빛은 있었다. 달라질 것 없는 학창시절을 지나, 사회에 나온 그는 우연히 길거리 캐스팅을 당했다. 오디션을 통해 중소 기획사에 합격하였으나 도윤은 섣부른 기대로 다시 추락을 느끼고 싶지 않았기에 담담했다. 하나 괜찮은 재능과 얼굴을 가진 그는 점점 두각을 드러냈다. 중소 기획사였기에 엑스트라로 시작했어야 했지만 이에 관한 불만은 없었다. 이 정도야 힘든 축에도 끼지 않으니까. 미니시리즈의 단역, 대사가 있는 식당 알바 역할(한 마디지만 대사는 처음이었다.)에 어릴 적부터 고아원에서 단련해온 주방이모스타일을 선보이며 '잘생긴 주방이모'로 잠깐이지만 실검을 장악했다. 그 후 톱스타까지는 아니지만 그는 얼굴이 알려지며 대세 스타가 되었다. 연기가 좋아서 시작한 배우 생활은 아니지만 그는 행복했다. 처음 주연에 발탁되고 자신의 팬클럽이 생성되었을 때 그는 자신이 행복하단 것을 인정하였다.
　나, 사랑받고 있구나.
　도윤은 처음 받아보는 사랑에 보답하고 싶었다. 사탕을 처음 맛 본 어린아이처럼 사랑을 처음 맛 본 도윤은 이를 지키고자 하였다. 뺏기고 싶지 않았다. 그랬기에, 더욱 열심히 살았다. 잠자는 시간도 아깝다며, 연기에 모든 시간을 투자했다. 도윤이 선택한 길은 아니었지만, 그는 행복했다. 웃었다. 웃지 않는 순간이 없다고, 그에게 붙여진 별명이 '스마일 도윤'이었다. 별명이 붙고 나서 그는 더욱 노력했다. 어린 시절의 자신을 들키기 싫다는 듯, 과거의 자신은 없다는 듯 해맑게 웃었다. 하나 웃을수록 도윤은 불안해졌다. 자신의 어두운 모습이 보일까 봐. 다시 암흑이 자신을 덮쳐 올까 봐.

악착같이 감정을 숨겼다. 오로지 웃고 또 웃었더니 세상 사람들이 속았다. 이걸 보면 그는 연기에 재능이 있었을지도. 결국 전 국민을 속였으니까.

불안이 마치 예언이라도 되는 것처럼, 그는 또다시 불행에 점철되었다. 누구도 더 이상 자신을 무시하지 않을 것이라는 조금 일렀던 확신. 모두가 나를 알아보고 동경하는 짜릿함. 세상을 다 가진 것만 같던 기분.

시간이 지나면서 그들의 시선이 오롯이 동경이 아니라는 것을 깨달았다. 시선 속 섞여 있던 부정적인 감정은 질투뿐이 아니었다. 질투와 처음 보는 이에 대한 이유 없는 짙은 혐오까지. 다시 마주하는 혐오에 그는 자신을 먼저 자책하였다. '내가 그들에게 어떠한 잘못을 하였는가.' 하지만 생각할수록 그는 이해할 수 없었다. 또다시 버려질까, 또다시 예전으로 돌아갈까 미친 듯이 웃으며 그저 그들에게 맞추어 삶을 살았다. 그들을 위해, 그들이 원하는 대로 인형이 되어 살았다. 언제나 완벽한 모습을 보이기 위해 잠을 줄여가며, 피를 쏟아내며 노력했다. 내가 노력하면 그들도 나를 사랑하지 않을까. 이렇게 하면 그들 역시 나를 봐주겠지, 나를 사랑해 주겠지, 처음의 환희를 다시 느낄 수 있겠지.

헛된 희망을 꿈꾸었다. 사막의 신기루에 매달렸다.

점점 느껴졌다. 내가 타인에 매달려 사는 것에 지쳐간다는 것을. 망가지고 싶지 않았기에, 조금 용기를 내보았다. 언제나 나를 위해 웃어주는 나의 팬들이라면, 그들이라면 나의 본 모습마저 사랑해 주지 않을까? 조금씩 웃음을 지우고 편하게 있어보았다. 팬들은 앞에서 나를 보며 웃었지만, 내가 웃지 않을 때마다, 떠나갔다. 떠나만 갔다면 덜 비참 하였을까. 날 응원하였던 시간이 거짓말인 것처럼. 뜨기 시작했더니 변한 거냐며, 팬들에 대한 존중은 1도 없는 안하무인이라며, 나를 비방해 갔다. 그들이 내게서 등을 돌릴수록 나는 점점 말수가 사라져갔다. 집 밖을 나가지 않고 혼자 있는 시간이 많아질수록 나를 기억하는 사람은 없어졌다. 아, 모두가 없어지지는 않았다. 잠깐 반짝였던 스타들이라는 목록에 가끔씩 등장하니까. 게다가 듣보잡이 망했다고 좋아하던 이들도 있었을 테니. 암막커튼을 치우고 햇볕 아래 살고 싶었던 나의 꿈은 끝까지 이루어지지 못했다.

죄악

어쩌면 그는 약했을지도 모르겠다. 몸은 성인일지언정, 그의 마음은 사랑 받고 싶어 하던 꼬마였기에, 그는 버틸 수 없었을지도. 비틀거리는 걸음으로 방을 나가자 멈춰있는 시계가 보였다. 문득 예전 일이 떠올랐다. 믿었던 선생님께 경멸어린 시선을 받고 보았던 멈춰버린 시계. 그 시계가 마치 꼭 지금의 자신과 닮아 있었다. 드디어 깨달았다. 이 세상에 내가 살아갈 이유는 없다고. 거실에 어지러이 놓여 있는 소주를 잡아 병 채로 마시고 나니 모순적이게도 어느 때보다 또렷한 기분이 들었다. 욕실로 향한 그는 욕조 가득 물을 채웠다. 물이 어느덧 차오른 것을 확인한 도윤은 해맑게 웃으며 부엌으로 향했다. 손에 잡은 것은 잡히지 말았어야 할 그것. 옷을 벗지도 않고 욕조에 들어간 도윤은 행복했다. 이 따뜻함, 욕조 속 물이 알 수 없는 자신감을 주었다. 지금이라면 무엇이든 해낼 수 있을 것 같은 힘, 오랜 시간 고대하던 일을 이룰 수 있을 것이라는 확신. 그렇게 그는 자신의 삶을 스스로 마무리 지었다. 그의 죽음 뒤에는 어떠한 변화도 나타나지 않았다. 그저 그의 은은한 웃음과 어느새 붉어진 욕조 속 물이 마지막을 장식할 뿐. 결국 그는 존재하지 못했다.

보이지 않는 시계

눈을 뜬 도윤은, 그의 바람과 다르게 방문 앞에 서 있었다. 도윤의 의지와 상관없이 방문은 도윤을 미지의 세계로 끌어당겼다. 조금씩 정신을 차린 도윤은 생각했다. 아, 난 죽지 못한 것인가. 분명 치사량이 넘는 피를 흘렸을 터인데. 그건 다 꿈이었을까. 감겨있는 눈꺼풀을 들어 올리자 아무것도 없는 흰 방이 보였다. 눈을 뜬 그는 분노하였다. 나를 이리도 힘들게 하였으면서, 신은 내가 생을 마감하는 것마저 불허하구나. 혼자 화를 내던 그는 문득 방에 대한 늦은 의구심과 함께 하얀 방에 익숙함을 느꼈다. 그때 치직거리는 소리와 함께 영상이 재생되기 시작했다. 아무것도 없는 장소에서, 영상이 나오는 모습은 괴기스러웠다. 첫 영상에선 두 인형이 나왔다. 인형들은 매우 사이가 좋아 보였으나, 한 인형은 항상 슬픈 표정을 짓고 있었다. 이를 걱정한 다른 인형은 점토로 친구들을 만들어 슬퍼하는 인형에게 선물했다. 두 번째 영상에서, 둘은 환히 웃고 있으며 그 주변에 여러 개의 점토가 있었다. 웃음도 잠시 점토들이 하나 둘 떠나고, 한 인형은 몹시 화를 내는 것처럼 보였으나 얼굴은 눈물로 점철되어 있었다. 그리고 그 주위를 문이 감싸고 있었다. 하나의 점토는 까만 방으로 끌려갔고, 슬픈 표정의 인형은 하얀 방으로 떠났다. 그리고 마지막 영상. 하얀 방에 들어간 인형은 고통에 몸부림 쳤고, 다른 인형에게 무어라 중얼거리다 족쇄가 채워진 채 하얀 방을 나왔다. 잠시의 시간 뒤 다시 하얀 방으로 끌려갔다. 무슨 내용인지 당최 이해가 안 가는 연극에 고개를 돌리고 싶었으나 도윤은 그럴 수 없었다. 마치 마법이라도 부린 듯 눈앞에서 그 연극이 계속하여 진행되었다. 연극은 수도 없이 반복되었다. 수백 번 수천 번 연극을 보던 도윤의 눈에서 갑자기 한 줄기 눈물이 흘렀다.

그는 직감적으로 느꼈다. 저것은 자신의 이야기라고. 그 순간 깨질 듯한 고통과 함께 기억이 흘러들어왔다.

-사랑해.

-네가 너무 좋아

-외로워

-저길 좀 봐. 선물이야.

-제발, 제발 저 아이를 살려줘

-내가 대신 죽을게. 응?

-네가 그랬잖아. 내가 먼저라고……

-살려줘, 살려줘, 괴로워, 날 내보내줘

-맹약이잖아. 제발, 도윤아.

-잠시, 잠시면 되니까. 제발

-도윤아, 기억해. 무슨 일이 있어도 스스로 목숨을 끊어선 안 돼. 행복해야 해. 도윤아, 기억해. 내가 없어도 너는 행복해야 해.

그래, 나는 생물이었어. 그는 신이었지. 우리의 사이는 가족이었으며, 친구였으며, 연인이었구나. 내가, 결국 마지막 약속을 지키지 못하였어. 내가 스스로 선택한 길이었으면서, 너에게 애원했구나. 너의 마지막을 바쳐서, 맹약을 깨고 나를 내보냈구나. 미안해, 미안해. 너는 내게 세계를 선물하였으나, 나는 너를 죽였어. 신아, 잔혹하다고 생각했던 인간은, 내가 13번째 인간의 죽음을 막음으로서 나온 파편이었어. 너의 말이 틀리지 않았어. 너는 죽고, 나는 갇혔으니 이보다 비참한 결말이 어디 있을까. 세계를 만들었으나 우린 그것을 한번도 보지 못했네. 우리는 악일까 선일까. 선과 악은 누가 만들었을까. 어째서 우리가 만든 아이들이 악에 점철되어 있는 걸까. 그들이 악은 맞는 걸까? 인간으로서 나는, 선이었을까 악이었을까?

✒ 후기

　다시 쓰는 시계는 현실을 기반으로 한 새로운 세계로 구성된 작품입니다. 주인공인 도윤은 잔혹하고 불행한 삶을 살아갑니다. 제가 도윤의 키워드를 '불행'과 '깡통'으로 잡은 이유는 모순적이게도 이를 통해 여러분이 '행복'과 '위로'를 느끼시길 바랐기 때문입니다. 사람은 붉은 색을 보면 초록색을, 검정색을 보면 하얀색을 떠올린다고 합니다. 금지되어 있는 행동을 하고자 하는 욕구 역시 이와 같은 개념입니다. 저는 이를 조금 역이용해 보았습니다. 불행에 점철된 주인공을 보며 여러분의 삶은 이와 같은 후회를 하시지 않기를. 이 책을 읽으시는 분이 있다면 책을 읽을 동안만큼은 여러분이 도윤이 되시기 바랍니다. 불행에 점철되어 있던 이가 선택한 탈출구에 대해 여러분의 '도윤'은 만족하시나요? 다시 쓰는 시계는 교훈을 주는 작품이 아닙니다. 또한 위로를 전하는 작품 역시 아닙니다. 평범한 학생인 제가 여러분께 미흡한 실력이나마 책을 써낸 이유는 도윤을 위해 한 줄기 눈물을 흘려주시기를 바랐기 때문입니다. 도윤을 위해, 마음껏 울지 못한 당신 주위의 누군가 혹은 여러분 스스로를 위해 한 방울의 눈물을 떨어뜨릴 수 있는 글이 되기 바랍니다.

새벽 해가 떠오르는 아침이었다. 아침잠이 없는 사람들이 활동을 시작하는 시간이기도 했다. 산길을 30분 정도 걸어야 나오는 작은 산골 마을. 그리고 그곳에서 또 5분은 걸어 올라가야 나오는 작은 오두막에서 사는 한 노인 역시 일어나 있었다.

　70세의 환갑을 훌쩍 넘은 나이임에도 아직까지 건강했지만, 오히려 노인의 마음은 외로움에 찌들었을 뿐이었다. 겨우 30세도 되지 않은 젊은 나이, 그것도 신혼이었던 행복한 시기에 화재사고로 임신 8개월이었던 아내를 떠나보냈고, 그 뒤로 몇 년도 채 지나지 않아 부모님이 일주일의 간격을 두고 돌아가셨다. 노인에게 남은 유일한 혈육이던 동생조차 췌장암에 걸려 죽자 노인은 사람에게 정을 주기가 힘들어졌다. 그렇게 노인은 사람들과의 벽을 세운 채 산속에 틀어박혀 40년이 넘는 세월을 혼자 외롭게 살아오고 있었다.

　노인은 오늘 평소와 조금 다른 일을 해볼 생각이었다. 원래 노인이 살고 있던 오두막집은 한 부자가 자신이 모은 신기한 물건들을 보관하는 창고를 관리할 사람이 살 용도로 만들었기 때문에 오두막집 바로 옆에는 또 오두막집의 크기만큼이나 커다란 창고 하나가 있었다. 노인은 오랜 세월동안 아무도 관리하지 않았고, 노인조차 몇 번 청

소한 게 다인 그곳을 들어가 볼 생각이었다.

"어우, 먼지."

역시 오래된 창고다보니 마스크를 낀 채 문을 열었는데도 먼지가 마스크를 뚫고 들어왔다. 노인은 조금 손을 살짝 휘저으며 먼지를 다 날려 보내곤 창고를 한번 둘러보았다. 정리랄 것도 없이 마구잡이로 물건들이 있는 창고 안의 모습은 더럽기 그지없었다. 노인은 기운을 내고 창고 안의 물건들을 뒤져보기 시작했다.

"웬 책이 여기에 있담?"

먼지 때문에 고생하며 이리저리 둘러보던 그때, 노인의 눈에 책 한 권이 띄었다. 한눈에 봐도 오래되어 보이는 책을 들어보자 책 사이에 끼어 있던 작은 종이봉투 하나가 툭하고 떨어졌다. 깜짝 놀라 떨어진 봉투를 주워 안을 들여다보니 씨앗처럼 보이는 무언가가 들어 있었다. 오래된 책과 씨앗에 흥미가 생긴 노인은 창고를 나와 집으로 들어갔다.

잘못 손대면 순식간에 가루처럼 바스라질 듯한 오래된 책은 먼지가 겹겹이 쌓이고 책 자체도 많이 바래서 시력이 그다지 좋지 못한 노인은 알아볼 수 없을 지경이었다. 노인이 사기만 하고 손도 안 댔던 돋보기안경까지 꺼내어 보려고 했지만 역시 글자를 읽을 순 없었다. 먼지라도 다 털어내면 조금은 읽을 수 있을 듯하지만 그러기엔 책이 너무 약했다. 결국 겨우 알아볼 수 있는 건 오로지 표지의 꽃 그림이었다.

책 속의 글씨를 읽는 건 포기한 노인이 표지의 그림을 유심히 보았다. 어디서도 본 적 없던 예쁜 모양의 꽃. 그제야 책과 함께 있던 씨앗을 떠올린 노인은 혹시 같이 있던 씨가 이 꽃의 씨앗이 아닐까하는 생각이 들었다. 흥미가 동한 노인은 곧바로 안 쓰던 화분을 찾아다가 씨앗을 심었다.

단 한 번도 꽃을 키워본 적 없는 노인이 무슨 생각으로 무작정 씨앗을 심을 생각이 들었을까. 당연하게도 얼마 못가서 썩어야 할 씨앗은 푸릇한 작은 싹이 돋아났다. 식물에 관해서는 잘 모르는 노인이라도 이게 얼마나 신기한 일인지 알고 있었다. 도대체 얼마나 오래 방치되었는지도 모르는 씨앗을, 초심자가 무작정 물만 잔뜩 주었는데도 싹이 난 신기한 식물이었다. 당연히 죽을 거라 생각했지만 의외로 푸른 싹이 고개를 들자 신이 난 노인은 싹을 더 정성껏 돌보기 시작했다.

싹이 나고 나자 자라나는 속도는 더욱 빨라졌다. 싹이 난지 겨우 일주일, 꽃봉오리가 생겼다. 말도 안 되는 속도로 자라나는 꽃은 이상했지만, 이미 산전수전을 다 겪은 노인에게는 그저 신기할 따름이었다.

보름달이 뜬 밤, 작은 꽃봉오리는 서서히 펼쳐졌고 이내 어디서도 본적 없는 신비로운 꽃을 피워냈다. 하얀색의 여린 꽃잎은 달빛을 반사해 더더욱 빛이 났다. 노인이 꽃을 보고 감탄을 쏟아내던 그때였다. 꽃은 더더욱 빛을 발하고 한 순간 눈을 뜨지 못할 정도의 빛마저 쏟아냈다. 노인은 반사적으로 눈을 감았고, 그가 눈을 다시 떴을 때 꽃이 있던 자리에 있는 것은 다름 아닌 한복을 입은 여자아이였다.

"애야……? 여기 도대체 왜 애가……?"

누구라도 갑자기 자신의 눈앞에 아이가 나타나면 당황할 것이다. 노인 역시 너무 놀라 두 눈을 크게 뜨고 아이를 보았다. 아이에게 다가간 노인은 더더욱 크게 놀랐다. 꽃이 사라졌기 때문이다. 그제야 노인은 깨달았다. 아, 저 꽃이 사람으로 변하였구나. 하고.

◖

처음, 노인은 아이가 금방 꽃으로 돌아갈 것이라 생각했다. 그저 너무 큰 외로움에 조금 긴 신비한 꿈을 꾸는 것으로만 생각했다. 그러나 그런 노인의 생각과는 다르게 아이가 도로 꽃으로 돌아가는 일은 없었고, 오히려 평범한 사람처럼 자라나고 있었다. 그 기간이 일주일이 되고, 한 달이다 되어갈 때가 되어서야 노인은 아이를 인정했다.

"너는 사람으로 살 생각인가 보구나."

노인은 아이가 다시는 꽃으로 변할 리 없다는 사실을 어렴풋이 짐작할 수 있었다. 아니, 확신했다. 노인이 어떻게 그걸 확신할 수 있었는지는 모르겠지만, 그렇게 생각하게 된 이후로 노인은 확실히 아이를 사람으로 대해 주었다.

노인은 아이에게 '월영'이라 이름을 지어주고 옷을 사다 주었으며 글을 가르쳤다. 항상 산나물과 밥으로 끼니를 때웠던 노인이 월영을 위해 고기를 사다 구워주었다. 그러면서 두 사람은 서로에게 정이 들었고, 더불어 노인의 건강도 전보다 확실히 좋아지게 되었다. 노인은 월영을 자신의 친자식, 친손자처럼 키워주었고, 월영 역시 노인을 자신의 부모님처럼 생각하고 따랐다.

"할아버지, 옷이 작아요."

"어디 보자. 벌써 이만큼이나 자랐구나. 새 옷을 사다주마."

시간은 흘러 벌써 1년이란 시간이 지나갔고, 월영은 하루가 다르게 자라났고, 노인은 그런 월영이 사랑스럽게 느껴졌다. 그러던 어느 더운 여름 날, 노인이 마을에 볼 일이 있어 잠시 자리를 비운사이, 숲속에서 놀다 길을 잃어버린 한 소년이 노인과 월영의 오두막집에 다다랐다.

"저기, 계세요……?"

소년은 마을에서 들었던 오두막집이 바로 이 오두막집이라는 것을 알아차렸다. 그리고 오두막집의 노인이라면 마을로 도로 내려가는 방법을 알지 않을까 하는 마음으로 조심스럽게 문을 두드렸다. 그러나 그런 소년의 생각과는 다르게 문을 열고 나온 사람은 자신보다 키가 조금 더 작은 여자아이, 월영이었다. 마을에서 살며 주민들을 모두 꿰고 있는 소년은 처음 보는 아이가 집에서 나오자 고개를 갸우뚱거리며 물었다.

"너 여기 살아?"

"응, 너는 누구야?"

월영은 노인을 제외하고 처음 보는 사람에 신기한 듯 소년을 빤히 쳐다봤다. 소년은 그 시선이 부담스러워 뒤로 한 걸음 물러서며 말했다.

"나는 석영이야. 마을에서 사는데, 숲에서 놀다 길을 잃었어. 너길 알아?"

자신을 석영이라고 밝힌 소년은 혹시나 하는 마음으로 월영에게 마을로 가는 길을 물었다. 그러나 외견만 열 살이지 실제로는 겨우 1살남짓인데다 오두막에서 태어나고 오두막에서 살아온 월영이 마을로 가는 길을 알 리가 없었다. 두 사람은 그 작은 머리를 맞대고 고민에 고민을 거듭했지만 결국 방법은 노인이 집에 돌아올 때까지 기다리는 것뿐이었고, 그들은 함께 오두막 안에서 놀며 기다렸다.

시간이 지나 집으로 돌아온 노인은 자신의 집에 있는 소년을 보고

기겁을 했다. 노인은 한 눈에 소년이 석영이라는 마을 아이임을 알아차렸다. 자주는 아니지만 노인도 마을에 내려가는 엄연한 마을의 일원이기도 하고 석영의 유난히 하얀 피부는 수다쟁이 할머니가 귀에 못이 박히도록 말했던 '서울에서 온 손자'가 분명했다.

노인은 석영이 월영과 만난데다 둘이 대화까지 했다는 게 못내 마음에 걸렸다. 비록 어리더라도 석영은 마을의 일원. 만약 석영으로 인해 마을 사람들이 아이의 존재에 대해 알게 된다면 어떻게 될지 몰랐기 때문이었다.

"석영이라고 했지? 절대 마을 사람들에게 월영이 여기 있다고 말해선 안 돼, 알았지?"

노인은 석영에게 월영의 존재에 대해 마을 사람들에게 말해선 안 된다며 몇 번을 거듭하여 당부하고는 곧바로 마을로 돌려보냈다. 그리고는 처음으로 월영을 혼냈다.

"월영아, 함부로 사람을 들여선 안 돼! 이번에는 석영이 입이 무거운 아이라 다행이지 만약 마을 사람들이 널 알게 되면 어떻게 될지 몰라!"

월영은 노인의 호통에 겁을 먹었지만, 한편으로는 너무 기뻤다. 노인을 기다리는 사이에 석영과 친해지면서 난생 처음으로 '친구'가 생겼기 때문이었다. 월영은 태어나 지금까지 주변에 사람이라곤 노인 밖에 없었다. 살아온 생활 반경도 겨우 산속, 그것도 마을 사람들과 마주칠까 봐 오두막 주위로만 다녔다. 그만큼 밖이 너무 궁금했고, 밖에서 온 석영과 친구가 되면서 다양한 이야기를 들을 수 있었다.

노인은 그런 월영에게 미처 석영과 더 만나지 말라고 할 수 없었다. 존재를 숨기려면 더 이상 만나지 않는 게 맞았지만, 너무 좋아하는 월영의 모습에 석영이라면, 석영 한 명이라면 괜찮지 않을까 하고 생각했다. 그렇게 노인은 이따금 석영을 불러다 월영과 놀 수 있게 해주게 되었다. 석영 역시 월영과 마찬가지로 새 친구가 생긴 것에 기뻐했다. 마을에는 아이들이 있지만, 또래라고 할 만큼 나이가 맞는 아이들은 없었기 때문이었다. 그렇게 노인이 석영을 데려오는 게 한 번이 두 번이 되고, 세 번이 되면서 이제는 노인이 부르러 가지 않아도 석영 혼자 오두막집을 찾아올 수 있게 되었다.

🌙

석영이 노인의 집에 놀러오는 것도 벌써 한 달이 넘어갔다. 노인은 이제까지 마을에 아무 말도 하지 많은 석영의 태도에 믿음이 갔고, 또 한 달 동안 정이 들다보니 월영에 대한 이야기를 석영에게 해줘도 되지 않을까라는 생각이 들었다. 월영의 유일한 친구이기도 하고, 석영이 지금까지처럼 모르는 상태로 있다가 언젠가 왜 노인이 월영을 데리고 있는지에 대해 의문을 가지면 마을 사람들에게 전해지진 않을까하는 생각이 들자 말해야겠다는 마음이 커져갔다.

사실 말해야겠다는 생각이 든 것에는 다른 이유도 있었다. 노인은 이미 70세를 넘은 고령의 노인이었다. 겨우 열 살밖에 되지 않는 작은 아이를 돌보기엔 손이 너무 많이 가고 힘도 많이 들었다. 게다가 자신이 세상을 떠난 후 아이를 어떻게 해야 할 것인가도 생각해야 했다. 노인은 며칠에 거친 고심 끝에 월영과 석영을 불렀다.

"석영아, 너에게 말할 것이 있단다. 중요한 비밀이니 절대로 다른 사람들에게 알려선 안 돼, 알았니?"

노인은 석영과 월영을 자신의 앞에 앉혀놓고 월영에 대해 설명했다. 노인은 사실 석영이 쉽게 잊지 않으리라 생각했다. 그도 그렇게 월영의 근본이 꽃이며, 이유는 알 수 없지만 사람으로 변했다는 내용은 노인이 생각해도 허무맹랑하기 짝이 없었기 때문이었다. 그러나 의외로 석영은 조금 놀라긴 했지만 덤덤히 그 사실을 받아들였다. 온갖 미신을 믿을 어린 나이이기도 하지만, 사실 석영 역시 자신의 또래임에도 마치 이제 막 말을 깨우친 아기처럼 모르는 것이 많고 마을에 알려져선 안 되는 아이에게 뭔가 특별한 것이 있으리라 예상했었다. 노인이 석영에게 알려준 것은 그저 석영이 여태껏 예상했던 것이 맞는다고 증명해 주는 것에 지나지 않았다.

혹시 석영이 월영의 비밀에 대해 듣고 마을 사람들에게 알리거나 월영을 함부로 대하지는 않을까하고 걱정한 노인의 마음과는 다르게 다행히 석영은 월영의 비밀을 알고 난 후에도 월영을 대하는 태도에는 변함이 없었고 마을 사람들에게 알리지도 않았다.

"할아버지, 오늘은 석영이 오나요?"

"글쎄, 며칠 동안 안 왔으니 오늘은 오지 않을까?"

처음엔 조금 불안한 마음이 없지 않았지만, 석영의 한결같은 태도는 노인의 걱정을 내려놓게 만들기 충분했고, 노인은 한 시름 놓으며 석영이 들어왔을 뿐인 이전의 평화로운 일상을 즐겼다.

🌙

시간은 흘러갔고 어느 새 가을이 시작되려는 듯 쌀쌀한 바람이 손 끝을 스치는 날씨가 많아졌다. 날씨가 추워지니 석영이 놀러오는 정도가 뜸해졌지만, 그래도 전과 별 다를 차이점은 없었다. 그러던 어느 날, 월영의 몸에 변화가 찾아왔다. 몸 군데군데에서 마치 식물의 줄기와도 같은 푸른색이 퍼지기 시작한 것이었다.

"이거 뭐지? 어디서 멍이라도 들었나?"

좁쌀만 한 작은 점인데다가 색깔이 애매하다 보니 월영은 처음엔 그저 어디서 부딪힌 것이라 생각했다. 점의 위치가 평소 월영이 잘 부딪히던 손목이나 정강이였기 때문에 월영은 멍이라고 생각하고 대수롭지 않게 여겼다. 통증이 없는 멍이라니, 게다가 색도 멍이라기엔 확실히 이상한 색이기는 했지만 태어난 지 이제 겨우 1년 반에 상식이 부족하고, 원래 잘 넘어지기는 해도 멍이 든 적은 별로 없던 월영은 그냥 멍의 종류가 다를 거라고 생각했을 뿐이었다. 그러나 작은 점들은 사라지기는커녕 점점 그 넓이를 늘려가고 있었다.

"이게 뭐야? 이런 멍이 있어?"

점들의 넓이가 엄지손가락 크기 정도는 되어서야 월영은 이게 뭔가 잘못되어가고 있음을 느꼈다. 멍이라기엔 너무 감촉이 이상했고, 색도 이상했고, 사라지는 다른 멍들과는 달리 오히려 점점 더 넓어지기만 했다. 월영은 불안해지기 시작했고 점들을 가리려 장갑을 끼고 목도리(알고 보니 뒷목에도 점이 있었다)를 두르고 다니기 시작했다. 다행히 시기가 추운 가을인지라 노인도 별 생각 없이 목도리와 장갑을 사다주어 노인에게 들키지는 않았다.

　월영의 미묘한 변화를 가장 먼저 눈치 챈 이는 다름 아닌 석영이었다. 노인은 눈도 침침한데다 귀도 좋지 못하니 눈치 채지 못했을 뿐, 한 눈에 봐도 월영은 전과 달라진 느낌이 들었다. 월영은 추위도 잘 타지 않으면서 요즘 따라 목도리를 자주 두르고 다녔고, 어딘가 불안한 듯 노인과 석영의 눈치를 반복해서 보고 있었다. 그런 월영이 이상했던 석영은 월영이 무언가를 숨기고 있다는 걸 알 수 있었다.

　"월영아, 장갑 좀 벗어봐. 너 뭐 숨기는 게 있는 거 아냐?"

　석영의 의심은 꽤 본격적이었고, 월영은 하는 수없이 석영에게 자신의 몸에 일어난 변화를 알려줄 수밖에 없었다.

　"요즘 몸에 이상한 멍이 계속 나는데, 아프지도 않고 이게 뭔지 모르겠어."

　아무것도 모르는 월영이 석영에게 '멍'을 보여주자 석영은 고개를 갸우뚱거렸다. 월영은 그게 멍일 거라고 생각하는 듯하지만 어딜 봐도 멍 같지는 않았다. 오히려 석영이 생각하기로는 그건 매끈하고 흐물흐물한 게 식물의 줄기와 같아보였다. 석영이 보기에도 이건 꽤 심각한 상황인 것 같았고 노인에게 말해야 될 것 같아 보였지만, 안 그래도 날씨가 추워짐에 따라 몸이 약해진 노인을 놀라게 해 건강을 해칠까 염려해 말하고 싶지는 않았다. 두 사람은 그렇게 그 문제를 노인에게 말하지 않고 둘만의 비밀로 만들어 버렸다.

🌙

　처음엔 엄지손가락만 하던 멍들이 점점 범위가 넓어져가기 시작했다. 아주 조금씩 넓어지니 두 사람 모두 눈치 채지 못했지만, 그게 한 달이 넘어가자 변화가 크게 다가왔다. 전체 피부 면적의 10분의 1 정도는 차지한 것처럼 보이는 멍들은 면적이 넓어지자 더 확실하게 식물의 줄기 같았다.

　"내가 지금 변하고 있는 거지? 나 어떻게 되는 거야?"

　월영은 이게 자신이 변하고 있는 과정이라는 생각에 두려움에 떨며 눈물을 쏟아냈다. 이 상황에 대한 대책을 강구하던 두 사람은 노인이 전에 월영에 대해 설명할 때 언급한 '낡은 책'을 기억해 냈다. 그 책에는 무언가 적혀 있지 않을까 하는 희망을 가지고 두 사람은 노인 몰래 창고로 들어갔다. 낡고 표지엔 예쁜 꽃이 그려져 있는, 그리고 먼지가 쌓여 글씨를 읽기 힘든 책. 노인이 언급한 책의 특징은 그게 전부였지만, 그것에 의존해 두 사람은 창고를 뒤지기 시작했다. 그렇게 한 시간 쯤 지났을까, 석영이 책을 발견했다. 표지에 예쁜 꽃이 그려진 책을. 바로 노인이 발견했다던 그 책의 두 번째 책이었다.

　안타깝게도 두 번째 책 역시 대부분이 바랐고 먼지가 너무 쌓여 읽을 수 없는 게 대부분이었다. 석영은 한 장 한 장 넘기며 혹시나 읽을 수 있는 부분은 없는지 찾았다.

　"있어! 읽을 수 있는 부분이!"

　제발 이 현상과 관련된 내용이기를. 간절히 바라며 책을 읽어 내려가던 석영이 말없이 입을 꾹 다물었다. 그들의 바람처럼 그 부분에는 지금 이 현상과 관련된 내용이 적혀 있었다. 그리고 그건 그들의 생각보다 더 암울한 내용이었다.

"이거 할아버지한테 말해야 되겠지?"

"그렇겠지?"

두 사람은 서로를 마주보며 떨리는 목소리로 묻고 답했다. 두 사람은 창고를 나와 노인이 자고 있는 오두막으로 들어섰다. 두 사람의 기척에 잠에서 깬 노인이 평소와 같이 아이들을 반겨주려 했지만, 그들의 표정을 보고 뭔가 말할 것이 있다는 것을 깨달았다.

"할아버지, 보여드릴 게 있어요."

책을 들고 있는 석영이 말을 꺼냈다. 그 옆에서 월영은 고개를 숙이고만 있었다. 노인은 지금 말하려는 것이 슬픈 일이라 직감했다. 노인은 책을 받아 읽어 내려갔다. 그리고 한동안 말이 없었다.

"그러니까, 내가 죽으면 월영이도 죽는다는 거구나."

소유자가 죽으면 꽃도 죽는다. 책에 나와 있는 내용이었다. 그리고 덧붙여서, 꽃은 소유자가 죽는 날에 맞춰 서서히 꽃으로 변해 시들어간다는 내용 역시 있었다.

"이걸 찾았다는 건 이미 월영이 꽃으로 변해간다는 거고?"

노인의 질문에는 아무도 대답하지 않았다. 그저 고개를 작게 끄덕일 뿐이었다. 노인은 아이들에게 이것저것 묻기 시작했다. 언제부터 변하기 시작했는지부터 왜 말하지 않았는지까지. 모든 이야기가 끝나자 세 사람은 서로를 꽉 안았다. 노인은 아이들의 두려움을 보듬었고, 월영은 위로를 받았고, 석영은 두 사람의 죽음을 받아들이는 마음을 안았다.

그들은 며칠간의 침묵을 함께하였고 다시 원래의 일상을 되찾았다. 월영의 상태를 보면 대충 이번 해 끝자락이면 생명이 다했을 거라는 걸 추측할 수 있었다. 때문에 그들은 이렇게 슬퍼하며 남은 생을 보내기 보단 즐기며 보내는 게 나을 거라고 생각했다. 세 사람은 그들의 추억을 쌓아가기 시작했다.

숲을 함께 걸어 다니며 눈싸움을 해보고, 석영이 마을에서 가져온 맛있는 집밥을 먹고, 가끔은 노인이 운전하는 차를 타고 근처 저수지에 가서 작은 물고기도 잡았다. 얇게 언 살얼음판을 깨부수다 석영의 발 한쪽이 빠지기도 했었다. 어느 날은 예전에 월영이 바다에 가고 싶다고 한 말을 기억한 석영의 제안으로 조금 멀지만 바다에도 다녀오기도 했다. 그때는 월영이 너무 신나서 뛰어다니다가 모래사장에서 넘어지는 바람에 온몸이 모래투성이가 되어 한바탕 웃기도 했었다. 그 모든 건 많은 걸 경험하지 못한 월영을 위한 노인과 석영의 배려였다.

골동품점에서 카메라도 사와서 사진도 잔뜩 찍었다. 석영은 이 자리에서 자신이 월영과 노인이 함께했다는 증거를 하나하나 남겨갔다. 두달 남짓한 남은 기간 동안 세 사람은 수많은 즐거움을 남겼고, 특히 석영은 자신의 추억을 하나하나 기록해 갔다.

행복했던 두달이 훌쩍 지나갔다. 노인은 이제 거동이 힘겨워 집 밖으로 나가기 힘들어졌고 월영 역시 변화가 많이 일어나 거의 대부분의 피부가 식물의 푸른색으로 변했다. 이제 월영의 몸에 남은 사람의 피부는 오직 오른쪽 손등과 왼쪽 뺨, 입 주변과 심장부근 뿐이었다.

노인은 이제 월영의 상태를 확인하지 않고도 자신의 남은 수명을 대략 예측할 수 있었다. 아, 이젠 일주일 정도 남았을까. 노인은 석영에게 부탁해 월영이 태어난 화분을 침대 머리맡에 놓아두고 추억을 되새김질 했다. 석영은 일주일간 오두막에 남아 두 사람의 마지막까지 있기로 했고, 노인을 중간에 끼고 추억과 기억을 공유했다. 이땐 이랬지, 저땐 저랬지, 모아놓으니 상당히 많은 추억들이 쌓여가자 세 사람의 입가에는 웃음이 떠나가질 않았다. 마지막 날, 석영의 도움으로 두 사람은 오두막집 뒤의 나무 아래로 옮겨졌다. 서로 손을 잡고 나무에 기댄 채 석영과 마지막 이야기를 나누었다. 저물어가는 해와 노을을 바라보던 석영은 자신도 모르고 노인의 곁에서 잠이 들었고 잠시 뒤 그가 깨어났을 땐 나무 아래, 석영의 곁에는 평화롭게 눈을 감은 노인과 시들어버린 꽃 한 송이가 있었다.

☾

포장된 지 얼마 되지 않아 보이는 도로 위를 달리는 차는 구불구불한 도로를 지나 작은 마을에 도착했다. 이윽고 차에서 내린 남자는 트렁크에서 짐을 내리곤 마을을 바라보았다. 마을 앞에는 미리 마중 나온 마을 사람들이 이쪽으로 걸어오고 있었다.

"석영아, 먼 길 오느라 수고했어. 들어가서 좀 쉬자!"

"아니에요. 산에 먼저 가보려고요."

먼저 말을 건 할머니는 잠시 손자의 얼굴을 바라보다 옅게 미소를 지으며 산속에 난 작은 샛길로 등을 떠밀었다.

"짐은 내가 꺼내 놓을게. 앞으로 살집인데 다녀오렴."

할머니의 작은 배려에 옅은 웃음을 머금으며 고개를 살짝 끄덕인 석영은 이제는 거의 보이지도 않는 산길을 올라갔다. 사람의 발길로 만들어졌던 작은 샛길은 이제 조금씩 풀이 자라 초록색으로 뒤덮여 있었다. 그럼에도 익숙한 길을 한 걸음 한 걸음 천천히 걸어가며 주위를 살폈다. 첫 만남 때 노인이 마을로 데려다주던 길이었고, 그 이후 매일같이 올랐던 길이었다. 여기서도 보이는 숲 안쪽의 공터는 월영과 석영이 자주 놀던 장소이고, 그 중앙의 나무는 곧잘 올라가던 나무였다. 반대쪽 숲속에는 석영이 넘어졌던 쑥밭이었다.

5분 정도 걸리는 짧은 샛길을 20분 동안 추억을 되새기며 올라온 석영은 드디어 정면을 마주보았다. 산길 끝에 다다르자 보이는 낡지만 익숙한 오두막집. 석영은 잠시 가만히 서서 집의 풍경을 가만히 바라보다가 걸음을 옮겨 자연스럽게 집으로 다가갔다. 문 앞에 서서 살짝 망설이던 석영은 문을 열고 그때처럼 오두막 안으로 한 걸음 들어섰다.

"다녀왔어요."

얼굴에는 미소를 가득 띄운 채 아무도 없는 오두막을 향해 석영은 인사했다. 10년 전 그대로인 오두막 안에서 두 사람의 목소리가 들리는 듯했던 건 착각일까.

"와, 내가 이걸 어디 뒀나 했네."

조심스레 오두막집을 둘러보며 여기저기 손때 묻은 가구들과 물건들을 보며 잠시 추억여행을 다녀온 석영은 서랍장 위에서 사진 한 장과 월영의 오래된 책을 발견했다. 카메라를 사고 제일 처음 찍었던 세 사람의 사진. 석영은 사진을 뒤로하고 책을 펼쳐 보려 했지만 책은 언제 그 자리에 있었냐는 듯 손대자마자 먼지처럼 바스러져 날아갔다. 하긴, 그때도 워낙 오래된 책이라 책의 속지가 조금씩 가루가 되긴 했다. 함께 있던 사진을 주머니에 챙겨 넣은 석영은 오두막을 나와 월영과 노인의 마지막 장소, 나무 밑으로 걸어갔다. 석영은 나무 밑, 노인과 월영이 앉았던 그 자리에 앉아 따뜻함을 느끼며 잠에 빠졌다. 석영이 일어난 건 노을이 질 때가 되어서였다.

산길을 30분 정도 걸어야 나오는 작은 산골 마을. 그리고 그곳에서 또 5분은 걸어 올라가야 나오는 작은 오두막. 그 오두막에는 이제 한 청년이 살고 있다. 그는 노인과 월영의 유언에 따라 오두막집에 새로운 추억과 따뜻함을 채워나갈 것이다.

후기

    일단 책 쓰기에 대해서 아무것도 몰랐던 상태에서 마냥 글만 쓰면 되는 글짓기 같은 건 줄 알았는데 생각과 다르게 수고스러운 일이라 놀랐다. 좀 익숙하지 않은 일이라 어색하고 힘들었지만 그래도 어떻게든 완성하고 나니 뿌듯함이 조금 느껴지는 것도 같다. 비록 이번에 시험 준비 기간이랑 겹치면서 빨리 끝낸 감이 있지만 언젠가 다시 한번 기회가 닿는다면 그때는 정말 여유를 가지고 도전해 보고 싶다는 생각이 들었다.

고독한 복어

×

한지원

긴 잠에서 깨어났을 땐 주변이 깜깜했다. 며칠째 가시지 않는 밤 속에 있다 보니 미친 건지 이상하게 맘이 놓인다. 이젠 두려움과 짜증이란 감정도 느껴지지 않고 무언가가 허전한 느낌 조금 슬프면서도 설명할 수 없는 묘한 기분이 든다. 허탈함인 것 같다 좋은 느낌은 아니지만 아무렴 어때 흔들리는 물결에 힘을 쭉 뺐다. 지금 이 상황은 내가 처음 세상을 마주했을 때와 비슷한 것 같다. 그때도 지금처럼 주변이 깜깜했다. 안정적이고 포근했고 약간 답답했다. 바깥세상이 어떤 곳인지도 모르는 그때의 나는 지금보다는 좀 더 행복했던 것 같다. 그때 조금 더 상황을 만끽할 걸 그랬다. 시간이 지나면 지금처럼 그 시절을 후회하게 될 수 있으니까. 아무것도 모르는 나는 본능적으로 알을 뜯어내고 벗어나보려 안간힘을 썼다. 하지만 작디작은 복어새끼가 그 얇은 껍질을 벗어내는 것이 여간 쉬운 일이 아니었나 보다. 영영 이 껍질을 벗겨내지 못할까 무서웠고 어서 이곳을 벗어나고 싶었다. 충격이 컸나보다 남들은 안 믿을지 모르겠지만 지금도 그 공포스러운 기억을 떠올릴 때면 가시가 뻣뻣하게 선다.

있는 힘껏 발버둥을 치자 조금씩 빛이 새어나왔고 곧이어 바깥세상을 볼 수 있게 됐다. 아무것도 모르는 상태로 낯선 곳을 마주해 너

무 혼란스럽고 무섭고 또…… 싫었다. 이때부터였나 보다. 내가 짜증
이란 감정을 처음 느끼게 된 것이 말이다.

소중한 생명의 탄생은 모두 기뻐해야 할 순간인데 왜 두렵고 싫었
냐고 묻는다면 내가 원하지 않았기 때문이다.

처음 바깥세상을 보았을 때. 그곳에선 너무 포근하고 따뜻했지만
그곳에 비해 밖은 너무 밝고 추웠다. 나를 감싸줄 무언가도 없었고
내 눈은 밝은 빛을 감당하기엔 너무 버거워 눈을 제대로 뜨지 못했
다. 짜증, 짜증이 났다. 내가 제일 싫어하지만 가장 많이 느끼는 감정

짜증.

궁금하고 보고 싶었을 바깥세상이었지만 눈이 너무 아팠던 것이
그리 짜증이 났을까.

〰

난 주로 어두운 곳에 혼자 박혀 있는 일이 많았다. 밝은 곳은 싫으
니까, 첫 기억이 너무 강렬했나보다 이젠 그냥 이유도 없이 그냥 싫
다. 어두운 곳에 자주 박혀 있어서 친구 또한 없는 것이 너무나도 당
연했다. 그 당연한 것도 이젠 짜증이 난다.

친구가 있어 본 적은 없지만 아무래도 날 성게라 부르는 복어새끼
는 내 친구가 아닌 것이 분명하다.

복어들 사이의 내 별명은 까막눈 성게.

검게 생긴 가시투성이가 도대체 뭐가 닮았다는 건지…… 그저 어두운 곳을 좋아한다는 것 때문에 이런 별명이 생긴 게 어이가 없다. 햇빛을 보지 않아 검은 것보단 창백에 가까울 텐데 말이다. 실제로 만나보지도 않은 인물로 이야깃거리를 만든 것이 분명하다 잠깐의 웃음거리를 만들기 위해서

나라고 자존심이 없는 건 아니다. 절대 NAVER

음…… 까막눈은 어두운 곳에 살아 시력이 조금, 조금 많이 나쁠 뿐이다. 색만 구분 할 수 있으면 생활하는데 불편할 것도 없었다. 지금 이런 상황일 때엔 몰라도…… 그냥 그렇게 합리화 시켰다. 안 그럼 가진 것 없는 내가 너무 너무 슬플 것 같으니까.

친구들 사이에서 내가 웃음거리가 되는 것이 짜증이 나 괜히 성게를 탓하곤 했다. 성게만 없었어도 내 별명이 저렇진 않았을 테니까, 친구들 사이에 별명은 재밌는 추억이 될 거란 어른들의 흔한 말이 있다 별명이 생긴 것은 그만큼 친해진 거라고, 하지만 난 싫었다.

내가 싫어하는데도 불구하고 나의 의견을 무시한 채 지 쪼대로 하는 물고기가 어떻게 친구라 할 수 있을까. 이렇게 내가 짜증이라는 감정을 느끼게 하는 물고기들이 싫었고 주변에서 자꾸만 참견하는 오지랖 넓은 물고기들과 더 이상 살기 싫었다. 방법이 필요했다. 난 더 이상 짜증이란 감정을 느끼기 싫었고 무엇이라도 나에게 도움을 주었으면 좋겠다. 나 혼자 이 많은 골칫거리들을 다 고칠 순 없기 때문에.

≋

밖이 소란스러웠다. 왜인지 궁금했지만 어차피 동굴 밖으로 나갈 일은 없을 것이니 신경 쓰지 않기로 했다. 그래도 궁금증은 못 참겠다. 이제 곧 엄마가 돌아올 텐데 조금 물어볼까? 오늘따라 엄마가 왜 이렇게 늦게 오시는 애가 탔다. 평소보다 몇 시간 늦게 엄마가 돌아왔다.

"엄마, 밖이 소란스럽던데 무슨 일이 있었어?"

"상어, 상어 때문에 다른 동네 시장까지 다녀왔어. 사람들 말로는 그 상어 몸집이 엄청 왜소해서 큰 걱정 말라던데 그래도 상어잖아. 조심해서 나쁠 건 없지. 아 참, 바깥 얘기가 궁금하면 좀 나가서 친구도 사귀고 그래 허구헌 날 집에만 박혀가지고 비쩍 마른 꼴 좀 봐. 남자답지 못하게 어휴…… 널 어떡하면 좋담."

'엄만 내 마음을 왜 이리 몰라줄까. 이해하는 것까진 아니지만 진심이 아니더라도 따뜻하게 대해 줬으면 좋겠다. 하는 중2병 멘트를 생각했지만 이거밖엔 떠오르는 표현이 없었다. 그나저나 상어가 왜 이 구역까지 왔을까. 도망쳐 나온 걸까? 혹시…… 나처럼.'

자그마한 기대를 했다. 그 상어도 혹시 나와 같은 처지일까, 한 번 만나보고 싶었다. 그 상어라면 자신의 심정을 이해해 줄지 모른다는, 나에겐 자신을 이해해 줄 수 있는 친구가 필요했다. 혹은 그 상어와 친해진다면 상어와 친구인 나를 아무도 무시하지 않을 수 있을 거라는 헛된 생각을 품었다. 너무 흥분한 나머지 순간 상어가 나의 포식자인 것을 잊었었나보다. 하지만 그 상황에선 어떠한 말도 나에게 통할 리 없었다. 그때의 난 그런 조그마한 것도 소중한 기회였기 때문에 미역줄기라도 잡는 심정으로 그 상어를 향한 모험을 시작했다.

밤이 되고 약간의 식량들 그리고 지도를 챙겨 모험의 첫 걸음을 떼었다.

어디를 가야 하는지 몰랐지만 평소 집에서 사람들의 시시콜콜한 이야기를 듣는 것이 하나의 취미였기에 그 상어가 대충 어느 지역에 있는지 알 수 있었다.

평소 밤이 되어 해가 졌을 때 집 주위, 짧은 거리밖에 헤엄쳐 본 적이 없어 다소 서툴긴 했지만 이 여행은 나에게 너무나 간절했고 그 도전 끝에 세상 무엇보다도 소중한 것이 있었기 때문에 그때의 그 순간은 무엇보다도 설레었고 재밌었다. 그 설렘이 마치 내가 모든 것을 이룰 수 있을 것 같이 만들었다.

일말의 미련도 없었다. 물론, 그때의 선택을 후회하지도 않고

시간이 얼마나 흘렀을까. 낮이 되고 밤이 되는 것이 몇 번이나 반복되었는지 잊어버렸다. 주위에 많던 물고기들의 수가 언제 그랬다는 듯이 코빼기도 보이지 않았고 처음 보는 낯선 장소는 너무 고요했다. 없는 털도 삐쭉 서는 느낌이었다. 그 상어는 대체 어디에 있는 걸까? 아무 소리도 들리지 않았고 조금 무서워지기 시작했다. 그 상황이 너무 공포스러웠다. 상어 한 마리 찾는 것이 뭐가 어렵다고 난 이런 사소한 것 하나마저 내 힘으로 해결하지 못하는지 내 자신이 너무 무능해 화가 났고 곧이어 짜증났다. 또, 짜증 이젠 진절머리가 난다. 그냥 이 상황을 빨리 벗어나고 싶어 어른들이 항상 경고하던 마을을 생각할 겨를도 없이 도망치듯 들어갔다. 정말 몰랐다 그곳이 그 상어마을 일 줄은.

〜

　도망치듯 마을에 도착하자 저 멀리서 물고기 실루엣이 보이기 시작했다. 마음이 좀 놓였다. 나 말고도 나와 같은 상황에 처한 또 다른 이가 있다는 게 이렇게나 위로가 될지 누가 알았을까. 그것도 잠시 거뭇한 실루엣의 크기가 점점 커졌다. 내가 아무리 까막눈이라지만 저것의 정체가 상어라는 것을 모를 없었다. 고래라면 몰라도.

　검은 실루엣이 곧 나를 덮칠 것 같았다 온몸에 소름이 돋았고 내가 아마 개복치였다면 이미 쇼크사 했을지도 모른다.

　복어에 대해서 잘 알고 있진 않아도 복어의 특징 상 공포스러운 상황에 닥치면 몸을 부풀린다는 것을 모르진 않을 거다. 지금이다. 지금이 몸을 부풀릴 상황이다. 몸에 물을 불어 넣었고 점점 커졌다. 가시도 삐쭉 서며 두 눈을 찔끔 감았다. 얼른 이 상황이 끝나기만을 기다리며 점점 더 몸만 부풀렸다.

　얼마쯤 지났을까 주위가 조용했다. 숨죽였지만 아무 소리도 들리지 않았다. 순간 내가 죽은 걸까라는 생각이 들기도 했다. 그리고 눈을 떠 보니 놀라웠다. 검은 실루엣은 찾을 수 없었다. 내가 첫 상어를 쫓았나보다. 기분이 묘했다. 새로운 첫 경험을 한 나도 혼자의 힘으로 할 수 있는 것이 생겼다. 2년간 까막눈 성게라 놀림 당하던 복어도 할 수 있는 게 있다 무시당하지 않을 수 있다는 사실에 눈물이 다 나올 지경이었다.

　곧 해가 떠 물고기들이 깨어날 시간이었지만 더 이상 숨지 않았다. 난 상어도 내쫓을 수 있는 복어니까.

물고기들이 많은 시내로 나왔다. 고민 끝에 한 물고기를 불러 세우고 물어봤다. 복어마을에 출몰한 상어를 못 봤냐고. 돌아온 대답은 생각보다 길었다. 듣기론 지느러미를 다쳐 사방팔방 허겁지겁 도망치다 얼마 전 고래마을까지 갔다고 한다. 그후로는 자기도 잘 모른다고.

사실 상어 한 마리도 겨우 내쫓았지만 그땐 무엇이든 할 수 있을 것 같았다.

고래마을은 몸집이 큰 고래들이 사는 동네라 아주 넓고 약간은 어둡다 들었다. 고래를 직접 본적은 없지만 물고기들의 경험담으로 상상속에서 몇 번 마주한 적은 있다. 상상속 고래들은 아주 크고 아름다운 물고기이고 자유롭게 바다를 헤엄쳤고, 고래의 울음소리는 물결소리처럼 맑고 신비로웠다. 한때 난 고래가 되고 싶었다. 넓은 바다에서 자유를 만끽할 수 있는 고래들이 너무 부러웠다.

고래들은 작은 물고기들과 크릴새우, 대왕 오징어 등이기 때문에 고래마을은 다른 마을들과 멀리 떨어져 있다.

그 먼 곳까지 가는 사이 그 상어가 고래에게 잡아먹힐지도 모른다는 걱정들에 하루라도 빨리 고래마을에 가야 했다.

～

며칠에 거쳐 도착한 고래마을은 상상한 대로 입구에서부터 고래들의 대화소리가 들렸다. 같은 해양생물이어도 고래와 물고기들이 사용하는 언어가 다르니 무슨 말인지는 잘 몰랐지만 고래들의 대화소린 아름다운 노래 같았다. 내 기억 속에 아름다운 노랫소리를 다 담고 싶었다. 내 목적은 상어를 찾는 것이었지만 상상속에서만 보던 내 고래를 두 눈으로 마주 하고 싶어 흰 수염고래를 찾아 헤매었다. 흰 수염고래가 어디에 있는지는 몰랐지만 저 너머 어딘 가엔 있을 거 같았다. 그런 느낌이 들었다.

주위를 헤매는 것조차 너무 즐거웠다. 목표를 향해 떠나는 게 이리 즐거운지 처음 알았다. 흰 수염고래를 찾으며 수많은 고래들을 마주 했고, 어느 하나 아름답지 않은 것이 없었다. 나를 압도하는 크기의 고래들을 올려다보며 무섭지 않았냐고 묻는다면 망설임 없이 무섭 지 않았다 말할 수 있다. 푸른빛의 몸에 커다란 입 꼬리까지 까막눈 이라 자세히는 안 보였지만 상상했던 고래와 얼추 비슷했다. 흐릿하 게 보이는 것마저도 너무 좋았다. 그냥 다 담고 싶을 만큼.

얼마쯤 헤엄쳤을까. 저기 저쪽에서 사뭇 다른 울음소리가 들린다. 큰 실루엣이 눈에 띄었다. 주위에 고래들은 어디로 갔는지 보이지 않 았다. 실루엣이 있는 곳으로 조심스럽게 헤엄쳤다.

흰 수염고래였다. 상상했던 것보다 엄청났다. 눈에 다 담기에 너 무 컸고 벅찼다. 물결을 가르며 큰 꼬리를 흔들었고 따뜻한 햇살에 비쳐 눈부시게 빛났다. 우주도 담을 만큼 깊은 눈동자에 한눈팔았 다. 이렇게 멋진 흰 수염고래가 되고 싶었다. 부드러운 물결을 가르 고 아름다운 노래를 부르면서 자유롭게 하늘을 나는 듯한 기분을 느 껴 보고 싶었다. 눈을 감고 흰 수염고래와 함께 있는 이 순간을 평생 토록 기억하고 싶었다. 이대로 이 순간 이 느낌이 계속 되었으면 하 고 소원을 빌었다.

그 순간 흰 수염고래의 입이 벌어졌는지 강한 물살에 이끌려 수염 사이도 빨려 들어갔다. 여기저기에 부딪히고 잠깐 기절을 했나 이제야 정신을 차렸다. 고래를 보고 있을 때가 아니었는데… 친구도 없는 난 이대로 고래의 뱃속에서 쓸쓸히 죽는 것 밖에 더 이상 남지 않았다. 마지막 상어와 만나보지도 못한 채 죽는 고독한 복어의 새드엔딩이었다.

～

주변이 깜깜하다. 몇 시간째 이곳에 있으니 이상하게 맘이 놓인다. 이젠 두려움과 짜증이란 감정도 느껴지지 않고 무언가가 허전한 느낌 조금 슬프면서도 설명할 수 없는 묘한 기분이 든다. 허탈함인 것 같다 좋은 느낌은 아니지만 아무렴 어때 흔들리는 물결에 힘을 쭉 뺐다. 어디선가 울음소리가 들리는 듯했다 너무 애잔했고 안쓰러웠다 보듬어주고 싶었지만 그러기엔 난 너무 무기력하다. 나조차도 감당하기에 벅찼다. 그냥 이대로 죽어버릴까 생각했지만 이건 전형적인 새드 엔딩 이야기 속은 불쌍하고 답답한 엑스트라 역할이었다. 마지막까지 고독한 성게로 남는다니 고독한 성게답다. 그래, 발버둥이라도 쳐보고 죽자 그 편이 조금 덜 슬플 것 같다.

고래의 입속에서 헤엄치기 시작했다. 춥고 어두웠지만 거의 몇 십년간 동굴 속에서 헤엄쳐 왔기에 익숙해져서 그럴까 10년이면 강산이 변한다. 그동안 난 동굴 속에서 살아왔고 당연한 이야기였다. 아주 조금씩 시야가 보이기 시작했다.

어렸을 적 다들 한번씩은 본 피노키오 이야기 속 한 장면처럼 나도 피노키오가 돼보려 한다. 그 울음소리를 향해서.

새로운 시도에 그런지 상황에 맞지 않게 이상하게 가슴이 뛰고 설레었다. 이런 상황에 적절한 표현일진 몰라도 아무튼 그런 이상한 느낌이었다.

점점 속도가 빨라졌고 마침내 울음소리의 주인을 찾을 수 있었다. 내가 그토록 찾고 헤매던 이 여행을 시작하게 해준 작은 상어였다. 상어를 처음 봤을 때 그냥 보통 어류보다 조금 몸집이 큰 정도였다. 나보다는 컸지만 비슷했다. 이 정도면 비슷한 거다. 또 약간은 날카로운 인상이었고 나쁘지 않았다. 나쁜 상어는 아닌 것 같았다.

상어를 생각하면 떠오르는 것들 중엔 샥스핀 지느러미가 제일 먼저 생각나지 않을까. 모든 어류에게 지느러미는 중요한 역할을 한다는데 상어도 예외는 아니겠지?

동굴에 박혀 사는 복어도 상어에겐 위압감을 주는 뾰족한 지느러미가 있다는 것만 대충 들은 적이 있다. 다만 이 어류를 봤을 땐 그것이 상어임을 깨닫기까지 시간이 조금 필요했다. 상어는 기절했는지 움직이지 않았고 어딘가에서 피가 흐르고 있었다. 붉고 비릿한 피가 물결을 따라 천천히 퍼져 내 코에까지 닿았을 땐 그 피의 출처를 알 수 있었다.

일단은 밖에 나가야 했다. 흰 수염고래의 수염 틈을 공약했다. 나도 겨우 나갈 정도의 틈이었다. 아마 몸집이 왜소했기에 가능했던 것이 아닐까. 나와 상어, 우리 둘이서 단점을 장점으로 바꾸었다. 나도 장점을 가질 수 있었다. 그걸 상어와 함께 찾아냈다.

~~~

고래의 입속에서 얼마나 있었는지 체감이 되지 않는다. 어느새 깜깜한 밤이 되어 있었고 아름답게 반짝이는 달빛이 우리를 내리쬐었다.

상상 속 고래들처럼 내 머리 속에서 끊임없이 인사하고 만났던 상어는 언젠간 실제로 만나게 될 날이 올 거라는 부질없는 희망을 놓지 못하게 하였다. 상상속의 그 상어는 모두가 돌아섰을 때 내 곁에서 위로해 주며 안심시켜 주어서 그런 것일까. 비록 상상일지라도 나의 버팀목이 되어준 건 사실이었다. 그 상어는 나에게 소중한 존재였고 그 상어로 인해 트라우마를 트라우마라 믿었던 것들을 무시한 채 새로운 도전을 할 수 있었다. 두려웠지만 너무 간절했기 때문에 포기할 수 없었다.

마침내 나의 노력 끝에 닿을 수 없는 어딘가에서 눈앞에서 보지 못했던 상어를 상상속이 아닌 현실에서 만날 수 있었다.

고래의 입속에서 나와 첫 만남을 가졌을 때 보석같이 반짝이는 달빛이 우리를 비추었고 그 달빛은 너무 밝아 방금까지 온통 새까맣고 슬펐던 순간이 다신 오지 않을 거라며 그런 상황은 잊어버리라는 듯 더욱 밝고 아름답게 비추었고 넋을 잃게 만들었다. 마치 지금까지의 나를 위로해 주는 듯했다. 아마 그토록 바랐던 상어를 찾아서 그런 걸지도 모른다. 여태껏 살며 이런 기분을 느낀 적이 있었던가. 짜증을 일삼고 살던 내가 조금씩 점차 달라지기 시작했다. 나를 이렇게 만들어준 상어는 정작 자신이 날 이렇게 만든 사실을 모를 테지만 상관없었다. 앞으로 내가 다가가 아픔을 보듬어주고 나도 네 기분을 알 수 있다고 위로해 주며 점점 가까워지고 싶다.

　이젠 이 친구가 없으면 이젠 뭘 해야 할지 어떻게 해야 할지 모를 정도로 의지하며 지내 왔나보다. 이젠 내가 너의 버팀목이 되고 싶다.

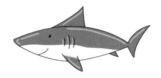

 후기

    처음 고독한 복어를 쓰기 시작할 때 좀 더 재밌고 유쾌하게 쓰려 했지만 이야기가 점점 산으로 가서 계획이 바뀐 것 같다.

    고독한 복어 이야기 속 고복이가 만나고파 했던 상어친구의 이야기까지 쓰기엔 너무 이야기가 길어질 것 같아 넣지 않았다. 결말은 해피엔딩으로 끝나니 알아서 상상하는 것이 좋을 것 같다! 참고로 고복이는 2020년 기준으로 중고등학생, 상어친구와 고복이 둘 다 성별은 생각하지 않았다.

    내 마음대로 책을 써 보는 색 다른 경험을 하니 생각보다 재밌었던 것 같다. 솔직히 글을 쓰는 동안 생각처럼 마음대로 써지지 않아 힘들고 답답했지만 답답했던 기억보다는 재밌었던 기억이 더 비중에 남은 것 같다. 기회가 된다면 나중에 또 도전해 보고 싶다.

    초등학생 시절 친구들을 통해 들은 오글거리는 멘트들이 기억에 남아 있는 건지 나도 모르게 글에 많이 남긴 것 같아 조금 부끄럽기도 하지만 또 다른 자유를 만난 귀한 시간 이었다.

* 동아리 별빛 사탕 이미지를 그려준 2학년 이원영에게도 감사를 전한다